白鳥とコウモリ（上）

東野圭吾

幻冬舎文庫

白鳥とコウモリ（上）

I

二〇一七年秋——。

　窓枠の向こうに見える空の下半分が赤く、上は灰色だった。夕焼け空に分厚い雲が広がりつつあるのだ。インターネットで確認した天気予報には、雨のマークなど付いていなかった。

「中町《なかまち》君、傘、持ってる？」五代努《ごだいつとむ》は、隣にいる若手刑事に尋ねた。

「いや、持ってないです。降りますかね」

「不安になったから訊《き》いたんだ」

「コンビニ、近くにありましたっけ？　もし降ったら、俺、買ってきますよ」

「いや、そこまでしなくてもいいけどさ」

　五代は腕時計を見た。午後五時になろうとしていた。十一月に入り、少し肌寒い日が続く。降ってくれるなよ、と願った。所轄の刑事を小間使いのように扱うのは気が引ける。

二人は足立区にある町工場の事務所にいた。応接室などという洒落《しゃれ》た部屋はなく、安っぽいパーティションで仕切られた一画が来客用のスペースだった。壁際に置かれた棚には、商品サンプルが並んでいる。パイプ、バルブ、ジョイント等々。水道部品が、この会社の主力製品らしい。

人の気配がしたので、五代は目を向けた。一人の若者が入ってきて頭を下げた。グレーの作業服に明るい茶髪が案外マッチしている。

山田《やまだ》裕太《ゆうた》です、と若者は名乗った。

五代は立ち上がって警視庁のバッジを示し、捜査一課の捜査員であることを名乗った後、中町のことも紹介した。

会議机を挟んで、五代たちは山田と向き合った。

「早速ですが、白石健介《しらいしけんすけ》さんについて、いくつかお尋ねしたいことがあります。白石さんは御存じですね」

五代の問いかけに、はい、と山田は答えた。痩せていて顎《あご》が細い。俯《うつむ》いて目を合わせようとしないのは、刑事という存在に良い印象を抱いていないせいか。

「どういった御関係ですか」

「関係？」

「はい。白石さんとの関係です。話していただけますか」

ようやく山田が顔を上げ、五代のほうを見た。目に戸惑いの色が浮かんでいる。

「そんなの、だって……知ってるからここへ来たんでしょう？」

五代は笑いかけた。

「御本人の口から聞きたいんです。お願いします」

山田は不満と不安と当惑が入り交じったような顔をした後、再び目を伏せ、口を開いた。

「俺が事件を起こした時、弁護をしてもらいました」

「いつの、どういう事件ですか」

山田の眉間に、かすかに皺《しわ》が入る。知っていることをなぜわざわざ訊くのか、といいたいのだろう。

どんなことも本人に語らせるのが捜査の鉄則なのだが、それ以外にも理由はある。わざと苛立《いらだ》たせることで、本音を引き出しやすくするのだ。苛立った人間は、嘘をつくのが下手になる。

「一年ぐらい前の傷害事件です。働いていたカラオケ店の店長を殴って、怪我をさせました。その時に店の売り上げを持ち逃げしたってことで、窃盗でも起訴されました。金なんか盗《と》ってないっていったのに、警察では全然信用してもらえなくて……。その裁判での弁護人が白石先生です」

「白石さんとは以前から面識が？」

山田は首を振った。「ないです」

五代は頷《うなず》く。白石健介が山田の国選弁護人だったことは確認済みだ。

「で、裁判の結果は？」

「執行猶予三年です。金を盗られたっていうのは店長の勘違い……っていうか嘘だってことを白石先生が突き止めてくれたおかげです。しかも日頃から俺が嫌がらせを受けてたってことも証明してくれました。それがなかったら実刑でした」

山田の話は五代たちが事前に調べてきた内容と一致していた。

「最近、白石さんとは会いましたか？」

「二週間ぐらい前に、ここへ訪ねてきてくれました。ちょうど昼休みでした」

「用件は？」

山田は小さく首を傾《かし》げた。

「いえ、特に用件ってほどのものは……。ちょっと様子を見に来ただけだとおっしゃってました」

「どんな話をしましたか。差し支えなければ教えてもらえますか」

「だから大した話はしてないです。仕事には慣れたかとか訊かれました。この会社を紹介してくれたのが白石先生だったから」

「そうらしいですね。白石さんの様子はどうでしたか。いつもと違っていたところ、たとえば何か気になることを口にしていたとか、そういうことはありませんでしたか」

山田はまた首を傾げ、考え込む顔つきになった。

「はっきりとはいえないんですけど、どことなく元気がないような気はしました。いつもは俺を励ますようなことをいろいろと話してくれるんですけど、あの日はそれもなくて、何かほかのことを考えてるみたいな感じでした。でも——」山田は手を横に振った。「そんな気がするだけです。俺の思い過ごしかもしれないんで、あんまり大げさに受け取らないでください。軽く聞き流しちゃってもいいです」

自分の供述が重視されるのを恐れているようだ。裁判を経験している身だけに、無責任な発言はまずいと気づいたのだろう。

「今度の事件については御存じですね？」五代は確認した。

「知ってます」山田は顎を引いた。顔が少し強張《こわば》って見えた。

「どう思いましたか」

「どうって……そりゃ、びっくりしました」

「どうしてですか」

「だって、そんなのあり得ないと思いましたから。あの白石先生が殺されるなんて。なんでそんなことになるのか、さっぱりわからないですよ」

「心当たりはないわけですね」

ないです、と山田は強い口調でいった。

「白石さんを恨んでいた人間がいたとかは？」

「わかんないけど、いるはずないと思います。もしいたとしたら、そいつは馬鹿です。馬鹿で最低で、死んだほうがいいような奴です。あの先生を恨むなんて、そんなこと、絶対にあり得ないです」

山田の口調に熱が籠もってきた。最初は目を合わせようともしなかったが、今は五代の目をしっかりと見返してきた。

2

発端は一本の電話だった。

不審な車が止められているので取り締まってほしい、という通報があったのだ。通信指令センターの記録によれば、十一月一日午前七時三十二分のことだ。電話をかけてきたのは、そばにある会社の警備員だった。

場所は竹芝桟橋《たけしばさんばし》近くの路上で、地名でいえば港区海岸だ。東京臨海新交通臨海線と並行して走っている道路の脇に、その紺色のセダンは違法駐車されていた。

最寄りの警察署所属の交通課が出動したが、すぐにこの案件は刑事課に回されることになった。車の後部座席から男性の遺体が発見されたからだ。黒っぽいスーツ姿で、腹を刺されていた。凶器のナイフは刺さったままで、そのせいか出血はさほどでもなかった。

財布は盗まれておらず、内ポケットから見つかった。約七万円の現金も手つかずだった。財布には運転免許証が入っていたので、身元は簡単に判明した。

氏名は白石健介で年齢は五十五歳、住所は港区南青山だった。所持していた名刺から、青山通りの近くに事務所を構える弁護士であることが判明した。携帯電話の類いは見当たらなかった。

自宅の電話番号は、最寄りの警察署に提出されていた巡回連絡カードから突き止められた。捜査員が連絡してみると、家族は警察に行方不明者届を出そうとしているところだった。被害者より一歳下の妻と、二十七歳になる娘がいる。被害者が前日の朝に出かけたきり帰ってこず、連絡も取れないので、何かあったのではと心配していたのだという。警察署を訪れた二人は安置室で遺体と対面し、白石健介に間違いないことを泣きながら証言した。

彼女たちの話によれば、白石健介は携帯電話とスマートフォンを持っており、仕事では携帯電話を、家族との通話にはスマートフォンを使用していたらしい。どちらも犯人に持ち去られたと思われたが、携帯電話は全く繋《つな》がらないにも拘《かか》わらず、スマートフォンのほうは繋がってはいるようだった。

程なくしてこのスマートフォンは、ＧＰＳの位置情報を検索することで見つかった。

発見されたのは隅田川《すみだがわ》の清洲橋《きよすばし》のそば、堤防を下りたところにある隅田川テラスという遊歩道で、地名でいえば江東区佐賀になる。地面のところどころに血痕があり、スマートフォンにも血が付着していた。分析の結果、白石健介のものに間違いないと判定された。携帯電話のほうは見つかっていない。

特捜本部が、その日のうちに開設された。五代たち警視庁捜査一課の捜査員が招集され、最初の捜査会議が行われたのは、午後一時のことだった。事件の概要が所轄の刑事課長から説明された。

被害者の足取りは、スマートフォンの位置情報を解析することで、かなり明らかになっていた。まず南青山の自宅を出たのが十月三十一日の午前八時二十分頃で、事務所に着いたのが八時三十分。そのままずっと事務所にいて、午後六時過ぎに車で移動を始めている。約三十分後に到着したところは、江東区富岡一丁目だった。ここには富岡八幡宮《とみおかはちまんぐう》があり、隣接しているコインパーキングに車を止めたと思われる。そこに十分ほど待機した後、再び移動を始めた。スマートフォンが発見された隅田川テラスには、午後七時より少し前に着いている。

スマートフォンに血が付いていたことから、ここが殺害現場である可能性が高い。さほど遅くもない時間だけに、ふだんならば散歩やジョギングをしている人が多い場所だが、事件発生時は事情が違っていた。すぐそばの排水機場で補修工事を行っており、テラスが通り抜けできなくなっていたのだ。いわば袋小路の状態で、犯行には都合がよかったと思われる。それをわかった上で、被害者をこの場所に誘導したとすれば、犯人はかなり土地鑑のある人間ということになる。

その後、遺体は車の後部座席に移された。被害者は痩身で体重は六十キロほどだから、体力のある者なら、運ぶのは難しくない。車は港区海岸の路上で見つかったわけだが、殺害現場から直接向かったのか、どこかを経由したかどうかはわからない。車を動かしたのは犯人だと思われるが、その意図も現時点では不明だった。

以上の説明が為《な》された後、捜査方針の検討が行われると同時に、捜査員の役割分担が決められていった。五代が組むことになったのは所轄の刑事課巡査の中町だった。中町は精悍《せいかん》な顔つきをした背の高い刑事で、年齢は二十八だというから五代のちょうど十歳下だ。無駄に血気盛んなところがあったら面倒だなと思っていたが、少し話してみて、淡々と物事に当たるタイプだとわかり安堵した。

五代たちに与えられたのは被害者の人間関係を洗う敷鑑《しきかん》捜査だ。最初の仕事は家族から話を聞くことだった。

南青山にある白石健介の自宅は、こぢんまりとした洋風の一軒家だった。地名や弁護士という職業から豪邸をイメージしていたので、五代は少し意外な気がした。

リビングルームで向き合った妻の綾子《あやこ》と娘の美令《みれい》は、すでに落ち着きを取り戻しているように見えた。手分けして方々に連絡し、通夜や葬儀の手配をしているところだったらしい。綾子は小柄で日本的な顔立ちの女性だが、美令の顔の造作は派手だった。父親似なのだな、と頭の中で遺体と比べながら五代は思った。

お悔やみの言葉を述べた後、白石健介が最後に家を出た時の様子を、まず尋ねてみた。

「昨日だけ特に様子が違っていた、ということはなかったと思います」綾子は沈んだ表情で話し始めた。「仕事以外で誰かに会うとか、帰りが遅くなるようなこともいってはおりませんでした」そういってから、ただ、と付け足した。「このところ少し元気がないというか、考え込んでいることが多かったように思います。何か難しい裁判を抱えているのかなと思っていたんですけど」

白石がどういう案件に取り組んでいたか、妻も娘も知らなかった。仕事の具体的な内容について白石が家で話すことはまずなかった、と二人は口を揃えていった。

五代は定石通りの質問を続ける。事件について何か心当たりはないか、最近何か変わったことはなかったか、などだ。

「心当たりなんて全くありません」綾子は断言した。「誰かから恨まれるようなこと、あの人は何ひとつしていないと思います。いつだって誠実に事に当たっていました。依頼人さんから感謝するお手紙だって、何通もいただいてます」

だが被告を弁護するという職業柄、被害者側の人間から嫌悪感を抱かれることも多いのではないだろうか。この疑問に対して妻は返答に詰まったが、娘が反論した。

「たしかに被害者の人たちから見れば敵かもしれないですけど、父は闇雲に被告人の味方をしていたわけではなかったと思います。父は細かいことは話してくれませんでしたけど、弁護士としての自分の生き方については、よく語っていました。ただ減刑を目指すんじゃなく、まず被告人自身に罪の深さを思い知らせるのが自分のやり方だって。その深さを正確に測るために事件を精査するのが弁護活動の基本だって。そんな父が殺されるほど憎まれるなんて、考えられないと思います」話すうちに気持ちが昂《たかぶ》ってきたのか、美令の声は途中から上擦ってきた。目も少し充血していた。

最後に、殺害されるまでの白石健介の行動について五代は訊いた。富岡八幡宮、隅田川テラス、港区海岸といった場所を聞き、何か思いつくことはないか。

母娘《おやこ》は揃って首を傾げた。そういった名称を白石健介の口から聞いたことさえない、とのことだった。

結局、二人からは有益と思われる情報は得られなかった。何か思い出したことがあれば連絡してくださいと名刺を渡し、五代たちは辞去した。

次に五代たちが向かったのは、青山通りの近くにある事務所だった。壁面が銀色に光るビルの四階で、一階にはコーヒーショップが入っていた。

事務所で二人を待っていたのは、長井節子《ながいせつこ》という眼鏡をかけた女性だった。出された名刺の肩書きは、『アシスタント』となっていた。四十歳前後と思われるが、白石健介の下で働くようになり、十五年になるらしい。

長井節子によれば、白石健介は主に刑事事件や交通事故、少年犯罪を扱っていたという。国選弁護人に登録しているので、声がかかることも多かったようだ。

予想外に重い刑を受けた依頼人から、弁護のやり方が悪かったからだと恨まれるようなことはなかったか、と五代は質問してみた。

「そりゃ、いろいろな人がいますよ」長井節子は否定しなかった。「無茶苦茶なことをいったりね。自分は何もやってない、無罪だと主張するんだけど、白石先生の目から見て、どう考えてもクロなんです。そういう時、先生は粘り強く説得されるみたいでした。正直に話したほうが結果的に良いんだよ、とかね。それでも本人が言い分を変えないものだから、先生としては弁護のやりようがないんです。そのでたらめな話を裁判でなぞるしかありません。当然、心証は悪くなるし、減刑なんて望めません。完全に自業自得なんですけど、それでも先生に八つ当たりするって人が時々いますね」

五代は合点《がてん》した。かつて逮捕した容疑者にも、そういう人間がいる。

「ただ先生は、刑が確定した後、そんな人たちのことも手厚くフォローしておられて、最終的には殆《ほとん》どの方が納得していたと思うんです。判決が出た時には恨み言をいっていた人が、刑期を終えた後でお礼をいいに来たってこと、何度かあります」

長井節子の話を聞いて五代は、「人情派」という言葉を思い浮かべた。

白石母娘に質問した、被害者側から憎まれている可能性について尋ねてみた。長井節子は、可能性はゼロではないと答えた。

「示談《じだん》の席で殴られそうになったことなんて何度もあったみたいです。何しろ被害者側は怒ってますからね。話を穏便に済まそうとしている先生の態度が、何かをごまかしているように見えるんじゃないですか」

　とはいえ、殺されるほどの恨みを買うような事案には心当たりがない、と付け加えた。

「私は白石先生以外の弁護士さんをそれほど多く知っているわけではありませんけど、依頼人だけじゃなく、相手のことも大事に考えて弁護をする、とても良心的な方だったと思います。あの方が恨みだとか憎しみが原因で殺されたとは、到底考えられません。もちろん世の中には変わった人がいますから、絶対にないとはいいませんけれど」

　では今回の事件の動機としてはどういうものが考えられるか、と五代は訊いてみた。

長井節子は苦しげに唸《うな》った。

「長引いている裁判はいくつかありますけど、先生を殺したからって向こうが有利になるわけじゃありません。仕事とは無関係の個人的なことが理由ではないでしょうか。でも金銭トラブルなんかは抱えてなかったと思いますし、浮いた話だって聞いたことがありませんん。頭のおかしい人間に、きちんとした動機もなく、衝動的に殺されたのではないでしょうか。それしか考えられないんですけど」

　五代はここでも、富岡八幡宮、隅田川テラス、港区海岸といった場所のことを尋ねてみた。まるで心当たりはない、と長井節子は答えた。

白石健介が最近取り組んでいた仕事に関する資料、事務所にかかってきた電話のリストのコピーなどを預かり、五代たちは事務所を後にした。これまでに請け負った裁判の資料などは、証拠品担当に任せることにした。

この後、五代と中町は、何人かの依頼人あるいは元依頼人のもとへ行き、話を聞いて回った。白石健介が殺されたことを知ると誰もが驚き、さらにほぼ同じ言葉を口にした。あの先生が恨まれていたなんて考えられない――と。

3

山田裕太から話を聞いた帰り、五代と中町は少し早めの夕食を摂ろうということになった。どこがいいだろうと考えていたら、中町が魅力的な提案をした。門前仲町《もんぜんなかちょう》に行きませんか、というのだった。

「それはいい。グッドアイデアだ」五代は手を打った。

門前仲町は特捜本部への帰り道の途中にある。その名の通り門前町として栄え、今も商店街の活動が盛んで、深川を代表する繁華街だ。何より、門前仲町には例の富岡八幡宮がある。

電車を乗り継ぎ、門前仲町の駅を出た時には午後六時を過ぎていた。

どこの店がいいのかさっぱりわからなかったが、中町がスマートフォンを使い、候補の店を何軒か探してくれた。そのうちの一軒は炉端焼きの店で、蒸籠《せいろ》で蒸し上げた深川《ふかがわ》飯《めし》が名物だという。聞くだけで涎《よだれ》が出そうになった。そこにしようと決めた。

店は地下鉄の駅からすぐのところにあった。入るとコの字形のカウンターがあり、真ん中で白い上っ張りを着た男性が野菜や魚介などを焼いていた。まだ空席がたくさんあったので、五代たちは奥のテーブル席を選んだ。カウンターでは密談がやりにくいからだ。

若い女性店員が注文を聞きに来たので、生ビールと枝豆、奴《やっこ》豆腐を頼んだ。酒臭い息を吐きながら特捜本部に戻るのはまずいが、ビール一杯ぐらいならいいだろう、と来る途中で意見を一致させていた。

「どの関係者からも、同じような話しか出てきませんね」中町が小型のノートを開き、吐息を漏らした。

「白石先生を憎んでいた人間がいるとは思えません……か。まあ、たぶん事実そうだったんだろうと思うよ。長井さんがいってたように、どんな仕事にも誠実に対応していたんじゃないか。弁護士というのは人から反感を買いやすい職業だし、過去には殺されたケースもあるが、実際にはそこまで恨まれることは稀《まれ》だ。怨恨のセンはないと考えたほうがいいのかもしれないな」

生ビールと枝豆が運ばれてきた。五代はグラスを手にすると、お疲れ様、と中町に声をかけてから喉にビールを流し込んだ。歩き回って疲れた身体《からだ》に、ほどよく苦味の効いた液体がしみこんでいくようだった。

「怨恨でないとしたら、何でしょうか。長井さんは、仕事とは無関係の個人的なことが理由ではないかといってましたけど」

「何なんだろうな」五代は首を捻《ひね》り、枝豆に手を伸ばした。「金銭トラブルはなく、女性関係も見当たらない。ほかに考えられるとすれば妬みか」

「妬み？　嫉妬ですか」

五代は上着のポケットから手帳を取り出した。

「白石健介。東京都練馬区生まれ。国立大学の法学部を出て、程なくして司法試験に合格。飯田橋にある法律事務所で弁護士として勤務し始める。二十八歳の時、学生時代から付き合っていた同級生と結婚。三十八歳で独立、今の事務所を開業。こういうふうに並べ立てると、まさに順風満帆の人生で、妬む人間がいても不思議ではない」

「たしかにそうですけど、それで殺しますか？　弁護士としては、わりとふつうですよ」

「そのふつうを妬ましく思う人間だっているんじゃないか。たとえば学生時代のライバルとか。弁護士を目指して、司法試験に受からずに断念した人間は少なくないはずだ」

「なるほど。それはありそうですね」

「とはいえ、その場合は殺意を抱いたとしても衝動的なものだろうな。凶器を用意して刺すという行為には結びつかない気がする。俺からいいだしておいて否定するのも変だが」五代は肩をすくめ、手帳をポケットに戻した。

順風満帆という言葉を使ったが、妻の綾子によれば白石健介は決して苦労知らずの人物ではなかったようだ。生まれ育った家は決して裕福ではなく、学校はずっと公立で、しかも中学生の時に父親を事故で亡くしたらしい。高校時代はバイトをして家計を助けたとのことだった。一昨年暮れに亡くなった母親は認知症になり、白石健介も介護を手伝っていたというから、どちらかというと苦労人だ。そんな人物だから、あまり儲からないといわれる国選弁護人を引き受けることもあったのだろう。

枝豆と奴豆腐を肴《さかな》にビールを飲み干した後、名物の深川飯を注文した。

「それにしても、この町に一体何があるんだろうな」深川飯の説明が書かれた貼り紙を眺めながら五代は疑問を口にした。

「被害者には縁もゆかりもない場所みたいですからね。気になります」

五代は腕を組み、黙考した。

事件当日、白石健介が事務所を出て、車で最初に向かった先は、富岡八幡宮に隣接しているコインパーキングだ。そこの防犯カメラの映像には、間違いなく車が映っていた。駐車してから約十分後には、料金を支払うために車を出入りする白石健介の姿も確認できた。だがほかに車に近づいた人間はいない。

考えられることは一つ、白石健介は犯人の指示でコインパーキングに車を止めたが、駐車中に改めて連絡が入ったのだ。新たに指定された場所が、殺害現場となった隅田川テラスだったのだろう。

どこを犯行現場に選ぼうと犯人の自由だ。だが白石健介が最初に車を止めた場所が富岡八幡宮だったことに捜査陣はこだわっていた。なぜなら白石健介はこの一か月間に二度、この門前仲町に来ていることが、スマートフォンの位置情報によって判明しているからだ。

一度目は十月七日で、かなり歩き回った形跡がある。二度目は十月二十日で、この日は殆ど躊躇《ためら》うことなく、永代《えいたい》通りに面したコーヒーショップに入っている。いずれも車を止めた場所は、今回と同じ駐車場だ。

地取り捜査担当の刑事が、問題のコーヒーショップに聞き込みに行き、白石健介が店を出入りする姿を撮影した防犯カメラの映像を確認した。スーツ姿で、荷物は書類鞄だけだった。残念ながら白石健介のことを覚えている店員はいなかったらしい。特に変わった行動は取らなかったということだろう。

白石健介は、何のためにこの町を訪れたのか。証拠品担当の刑事たちがこれまでに調べたかぎりでは、裁判で関わった人間の中に、この町に住んでいたり、通勤や通学をしている人間は見つかっていないとのことだった。

深川飯が運ばれてきた。蒸籠から立ち上る香りに、五代は思わず口元を緩めた。

「しばし事件のことは忘れよう」

賛成です、と中町も蒸籠を見つめたままで答えた。

夕食を終えた後、例のコーヒーショップを覗いてみることにした。深川飯の店からは五十メートルほどしか離れていなかった。

店は二階建てで、一階にはカウンターしかなかった。コーヒーを買った後、二階に上がった。テーブル席が空いていたが、隣との間隔が狭いので、窓際のカウンター席に並んで座った。

「スマートフォンの位置情報によれば、白石さんはこの店に二時間近く滞在していたってことだ。縁もゆかりもない土地のコーヒーショップで、二時間も何をしていたんだろう?」

「一番考えられるのは、誰かと会っていた可能性ですね」

「それはそうだが、君も捜査会議に出ていたから知っていると思うが、防犯カメラの映像によれば、入る時も出る時も白石さんは一人だったそうだ。入る時はともかく、出る時は連れと一緒というのがふつうじゃないだろうか」

中町は、うーん、と唸った。

「そうなんですよねえ。だけど人と会ってなくて、こんな場所で二時間も何をするんですか。読書か、あるいは、ああいうふうに過ごしてたわけですか」そういって親指の先を後方に向けた。

五代はこっそりと後ろを振り返った。テーブル席に腰掛けている客の殆どがスマートフォンを操作していた。

「それはないだろうな」五代は苦笑した。「そんなことをするために、わざわざ縁もゆかりもない土地に来るわけがない。白石さんの事務所の一階が、たしかコーヒーショップだった」

「被害者が大のコーヒー好きで、この店のコーヒーが格別に美味しいと評判だからわざわざ探してやってきた……っていうこともなさそうですしね」

「面白い推理だが、この店はただのチェーン店だ」

「おっしゃる通りです」中町は悄然《しょうぜん》とした表情を作り、紙コップを口元に運んだ。

五代もコーヒーを含み、前を向いた。窓から永代通りを見下ろせる。ふと思いついたことがあり、ふふんと鼻から笑みを漏らした。

「どうかしましたか」中町が訊いてくる。

「一軒の喫茶店で、本も読まず、スマホもいじらず、一人で二時間もいる。ふつうの人はそんなことはしない。だけど、やむをえずそれをしている人間がいるじゃないか」

五代のいう意味がわからないらしく、中町は当惑した顔をしている。その顔を指差して続けた。

「俺たちだよ。刑事だ。張り込みなら、何時間も居続けなきゃならない」

あっ、と中町は口を半開きにした。

五代は多くの車が行き交う永代通りを指差した。

「見てみなよ。張り込みをするには、ここは絶好の場所だと思わないか。門前仲町の主な商店は、この通りに面して並んでいる。向かい側の店に関していえば、どこの店にどんなふうに客が入るのか一目瞭然だ。また、この町に来る人も、この町から出かける人も、大抵この通りを利用する」

中町は通りを見下ろし、たしかに、と呟《つぶや》いた。

「被害者がこの店に入った理由はそれではないか、と？　つまり、誰かの行動を監視していた」

「監視という表現が適切かどうかはわからない。白石さんは刑事ではないからな。誰かが現れるのを待っていた、というのはどうだろう？」

「それは歩行者でしょうか」

「それはわからない。そうかもしれない。あるいは車を道路脇の駐車スペースに止めに来る人物かもしれないし、どこかの店に入っていて、いずれは出てくるはずの客かもしれない。いろいろと可能性はあるが、一つだけいえるのは、ここは張り込みには最高の場所だということだ。コーヒーだって飲めるしな」

中町が目を輝かせた。「それ、上に報告しますか」

五代は薄く笑い、何かを払うように小さく手を振った。

「まだやめておこう。大した根拠のない、推理ともいえない単なる空想だ。こんな話にいちいち耳を傾けてたら、主任や係長が何人いても足りない」

「そうですか」中町は落胆の色を示した。「少しは土産話を本部に持ち帰りたいと思ったものですから」

「気持ちはわかるが、収穫がないことを後ろめたく感じる必要はない。獲物《えもの》が見つからないのは猟犬のせいじゃない。獲物のいないところに猟犬を放ったほうが悪いんだ。堂々と本部に帰ろうぜ」そういって五代は若手刑事の肩を叩いた。

遺体発見から四日が経っている。中町が気にするように、ほかの班と同様に敷鑑捜査班もこれといった成果を上げていなかった。

五代と中町は、携帯電話やスマートフォンの履歴などを手がかりに、白石健介と最近接触があったと思われる人物に当たっている。携帯電話は見つからないままだが、発信履歴は携帯電話会社に提出してもらうことで判明していた。山田裕太の電話番号は、その発信履歴に残っていた。

これまでに五代たちが当たった人物の数は三十人を超えている。依頼人や元依頼人だけでなく、弁護士仲間や契約している税理士にも会いに行った。行きつけの理髪店にまで足を運んだ。しかし誰もが口にするのは、心当たりなど全く思いつかないという意味の台詞《せりふ》だ。弁護士仲間の一人は、「もし犯人が捕まったとして、その人の弁護を依頼されたら、逃げだしたくなるでしょうね」とまでいった。どんな動機にせよ、情状酌《じょうじょうしゃく》量《りょう》の余地があるとはとても思えない、ということなのだろう。

五代たちが特捜本部に戻った時には八時半を過ぎていた。敷鑑捜査を仕切っている筒《つつ》井《い》という警部補が残っていたので、聞き込みの結果を報告した。

筒井は若白髪が目立つ、角張った顔の人物だ。部下からの収穫なしという報告にも、さほど表情を変えない。空振りの連続が当たり前の仕事なのだ。

「お疲れさん。今日は帰って休んでくれ。で、明日は出張だ」筒井は一枚の書類を五代に差し出した。

「どこですか」五代は書類を受け取った。それは運転免許証をコピーしたものだった。痩せた男性の顔写真が付いている。六十歳ぐらいだろうか。

住所は愛知県安城《あんじょう》市となっていた。

4

東京駅発の『こだま号』は思ったよりも混んでいたが、幸い自由席でも座ることはできた。三河《みかわ》安城駅までは約二時間三十分だ。『のぞみ号』で名古屋駅まで行き、『こだま号』に乗り換えて一駅だけ戻るという方法を使えば三十分ほど短縮できるが、料金が二千円も違うとなれば話が別だ。何しろ経費節減が理由で、中町の同行は認められなかった。

五代は窓際の席で、昨夜筒井から受け取った書類を改めて眺めた。

倉木《くらき》達郎《たつろう》――これから会いに行く人物の名前だ。生年月日によれば、現在六十六歳。それ以外の情報は殆どない。

白石法律事務所では、電話をかけてきた相手の名前を日時を添えて記録している。ナンバーディスプレイがあるので、番号が判明している場合はそれも記されている。白石健介が独立した時からの習慣だったそうで、一日の終わりにそれを見ることで、誰とどんなやりとりをしたかを振り返っていたらしい。

その記録によれば、十月二日に『クラキ』なる人物が電話をかけてきている。記されている番号は携帯電話のものだった。長井節子に確認したところ、覚えはあるとのことだ。ただし白石健介に取り次いだだけで、男性という以外、どういう人物なのかは全くわからないという。もちろん用件も不明だ。

依頼人リストに、その名字は見当たらない。電話をかけてきたのはその一回きりで、事務所を訪れたという記録も残っていない。

一体、何者なのか。容疑者ならば令状を取り、携帯電話会社に情報を求めることも可能だが、今の段階では無理だ。

結局、記されている番号にかけ、本人に直接確かめることになった。異性のほうが話しやすいだろうという配慮から、女性警察官がその役目を担った。

事件の内容は詳しく話さず、捜査の一環ということで、氏名と連絡先などを尋ねた。相手は回答を拒否したりせず、倉木達郎と名乗り、住所なども答えた。女性警察官の印象では、特に狼狽《ろうばい》している気配は感じられなかったらしい。

その後、筒井が改めて電話をかけ直し、少し話を聞きたいので時間を取ってもらえないだろうかと交渉した。倉木の答えは、今は働いていないのでいつでも構わないというものだった。

こうして今日、五代が三河安城に向かうことになったのだった。

倉木は筒井に、どんな話を聞きたいのか、しつこく尋ねてきたらしい。それはそうだろう。刑事が東京からわざわざ出向いてくるのだ、余程の用件だと思うに違いない。後ろ暗いところがなくても気になるだろう。

だがもちろん筒井は、「それはお会いしてから」としか答えていない。倉木が事件に関与しているかどうかはわからないが、実際に会うまでは相手に余計な情報を与えないのが捜査の鉄則なのだ。

午前十一時を少し過ぎた頃、三河安城駅に到着した。外に出てみると、こぢんまりとしたロータリーがあった。駐車場に車がちらほら止まっている。周りに大きな建物は少なく、派手な看板も見当たらず、牧歌的な雰囲気が漂っていた。

タクシー乗り場には空車が一台だけ待っていた。五代は事前にプリントアウトしてきた地図を運転手に見せた。

「ああ、ササメね」そういって運転手は車のエンジンをかけた。

「ササメと読むんですか。シノメではなく」五代は訊いた。地名は安城市篠目だ。

「そうですよ。よそから来た人は、まー読めんだろうね。有名なもんは何もない町だで」運転手が笑みを浮かべながら発した言葉には、少し訛《なま》りが含まれていた。三河弁というやつだろう。

五代は車窓の外に目を移した。道路は広く、歩道も広い。その道路に面して、民家や商店が建っていた。高層の建物が見当たらない代わり、民家にしろ店にしろ、敷地をたっぷりと使っている。こんなところに住み慣れたら、東京の密集した住宅地では暮らせないだろう、と五代は思った。

走りだして十分足らずでタクシーは止まった。「このあたりだけどね」運転手がいった。

「ここで結構です」

五代は料金を払い、車を降りた。周りの景色と地図とを見比べながら歩きだした。新旧様々な家が建ち並んでいる。共通しているのは、必ず駐車場があるという点だ。複数台の車が止められている家も珍しくない。

門に倉木と書かれた表札を掲げている家も、すぐ前がカーポートになっていた。そこに止められているのはグレーの小型車だった。バックミラーにお守りが吊るされている。

表札の下にインターホンがあった。ボタンを押して待っていると、はい、と男性の声が聞こえてきた。

「東京から来た者です」

「はい」

しばらくして鍵の外れる音がして、玄関のドアが開いた。カーディガンを羽織った、免許証の写真通りの痩せた顔をした人物が現れた。だが体格は、五代が想像していたよりもがっしりとしている。

「五代といいます。お忙しいところ、申し訳ございません」警視庁のバッジを取り出しながら近づき、相手に示すと素早く懐にしまった。代わりに名刺を差し出した。

倉木は受け取った名刺を目を細めて眺めた後、どうぞ、と中に入るよう促してきた。

失礼しますと頭を下げ、五代は屋内に足を踏み入れた。

案内されたのは、玄関から入ってすぐのところにある和室だった。だが畳の上には籐の椅子とテーブルが並べられている。壁際に小さな仏壇があり、すぐ上の壁に葬儀で遺影として使ったと思われる女性の顔写真が掛けられていた。おそらく五十歳前後だろう。丸い顔にショートヘアがよく似合っている。

「妻です」五代の視線に気づいたらしく、倉木がいった。「十六年前に逝きました。私より一歳上で、当時は五十一歳でした」

「まだお若かったのにお気の毒に。事故か何かで？」

「いえ、骨髄性白血病《こつずいせいはっけつびょう》というやつです。骨髄移植ができれば何とかなったかもしれませんが、結局ドナーが見つかりませんでね」

「なるほど……」どう返していいかわからず、五代は言葉に詰まる。

「というわけで、男の独り暮らしです。急須でお茶を淹《い》れるなんてこと、何年もやっておりません。ペットボトルのお茶でよければ――」

「いえ、結構です。どうかお気遣いなく」

「そうですか。では、お言葉に甘えて。あ、どうぞお掛けになってください」

倉木に促され、五代は椅子に腰を下ろした。

「昨日、電話をした者から聞いておられると思いますが、ある事件の捜査の過程で倉木さんの名前が挙がってきました。東京にある白石法律事務所の着信記録に、倉木さんの番号が残っていたのです。それがなぜ問題なのかといいますと、我々が捜査しているのは、白石さんが殺害された事件についてだからです」

一気に話した後、五代は倉木の反応を窺《うかが》った。痩せた顔の老人は殆ど表情を変えず、小さく顎を引いた。

「御存じでしたか、白石さんが殺されたことを？」

「昨日、警察から電話を貰った後、インターネットで調べてみました。こう見えても、パソコンぐらいは扱えますので。事件を知って、びっくりしました。警察が私のところへやってくるのも仕方ないかなと思いました」倉木の声は落ち着いている。

「事件を御存じなら話が早い。今日お尋ねしたいのは、倉木さんが白石さんに電話した理由についてなんです。白石さんとは、どういった御関係ですか」

倉木は短く刈った髪を後ろに撫でつけた。

「特に関係はありません。お会いしたこともないです。話したのも、あの日が最初で最後でした」

「会ったこともない人に電話をかけたわけですか？　何のために？」

「それは相談のためです」

「法律相談です。今、ちょっとした悩みがありましてね。金に関する悩みです。ある人物と揉めているわけですよ。それで法律上どうなんだろうと思い、電話をかけたわけです」

「相談？」

「なぜ白石さんのところへ？」

「別にどこでもよかったんです。インターネットで調べてみたら、簡単な相談なら電話で答えてくれるようなことが書いてあったからです。しかも無料で。こっちとしては、本格的に依頼するつもりはなかったから、東京だろうが大阪だろうが構いませんでした」

倉木が淀《よど》みなく答えた内容に、五代は脱力感を覚えた。愛知県在住の人間がなぜわざわざ東京の弁護士事務所に電話を、と大いに興味を抱いていたのだが、聞いてみると単純な話だ。しかも説得力がある。

「その相談内容というのを具体的に教えていただけるとありがたいのですが」

五代の頼みに倉木は眉をひそめた。「それは義務ですか？」

「いや、そういうわけではありません。できれば、ということです」

倉木は渋面で首を振った。

「申し訳ありませんが、プライバシーに関することなのでお答えはできません。私だけでなく、ほかの人間のプライバシーもありますので」

「そうですか。では諦めます」

五代はボールペンのノック部分で頭の後ろを掻いた。電話をかけた理由が拍子抜けするものだったので、次の質問が思いつかない。おまけに尿意を催してきた。

するとどこからか着信音が聞こえてきた。倉木の電話が鳴っているようだ。

「ああ、電話だ。あっちに置いてきたか。ちょっと出てきていいですか」倉木が訊いた。

「もちろん結構です。ところでトイレをお借りしても構いませんか？」

「どうぞ。廊下を挟んだ向かいです」

廊下の奥に向かって足早に歩く倉木を見送った後、五代はトイレに入った。小用を足しながら考えたことは、倉木への質問ではなく報告書にどう書くかだった。

トイレを出て、さっきの部屋に戻ろうとした時だった。そばの柱に貼られた札が目に留まった。そこに記されている文字を見て、身体が固まった。

『富岡八幡宮大前』とあり、下に『家内安全』と『諸業繁榮』の文字が並んでいる。

五代は懐からスマートフォンを取り出した。撮影しようと思ったのだが、足音が聞こえ、倉木が奥から現れた。

「何か？」倉木が尋ねてきた。

「いえ、何でもありません」五代はスマートフォンをポケットに戻した。

再びテーブルを挟んで倉木と向き合ったが、五代の心構えは数分前とは百八十度変わっていた。

「東京に行かれることはありますか」五代は訊いた。口調が硬くなったことに自分でも気づいた。

「ええ、あります。息子がおりますのでね」

「息子さんが？　どちらにですか」

「高円寺です。東京の大学を出て、そのまま向こうで就職したものですから」

「なるほど。よく会いに行かれるのですか」

倉木は小首を傾げた。「年に数回、といったところですかね」

「最近では、いつ上京されましたか」

「いつだったかな。三か月ほど前……だったように記憶しております」

「正確な日にちがわかれば大変ありがたいのですが」

倉木が、じろりと見つめてきた。「なぜですか？」

「申し訳ございません。こちらの都合です」五代は頭を下げた。「関係者の方全員に、こういった確認をさせていただいております。御理解ください」

「関係者といったって、電話をかけただけなのに……」

申し訳ございません、と五代は繰り返した。

倉木はため息をつき、ちょっと待ってください、と傍らの携帯電話を取り上げた。スマートフォンではなかった。神妙な顔つきで何やら操作を始めたが、東京から来た刑事を煙に巻く方便を考えるための時間稼ぎではないか、と五代は勘繰った。

「八月十六日ですね」倉木が携帯電話の画面を見ながら答えた。「息子とのメールのやりとりが残っています。十六日から一泊二日で行きました。お盆休みになっても息子が帰省することはないので、こちらから出張ったというわけです。まあ、毎年のことです」

「上京されたら、息子さんのお宅で寝泊まりされるわけですか」

「そうです。息子はまだ独身なので、気を遣う必要がありませんから」

「差し支えなければ、息子さんのお名前と連絡先などを教えていただけますか」

五代の言葉に、倉木は少し伏し目になった後、何度か瞬きした。逡巡《しゅんじゅん》しているように見えた。

やがて倉木は口を開いた。「カズマといいます。平和の和に、真実の真と書きます。勤めている会社は――」

倉木は大手広告代理店の名を挙げ、携帯電話を見ながら電話番号をいった。それらを五代は素早くメモに取った。

「上京された際は、どのように過ごされるのですか。よく行かれる場所などはありますか」

「その時によりますね。東京でしか見られないものがあれば、そういうところへ足を運びます。何年か前にはスカイツリーに上りました。ただ高いってだけで、どうってことはありませんでしたが」

「神社仏閣はどうです？　そういう場所を巡るのが好きだという方も多いようですが」

「神社仏閣……ですか。どうですかね。嫌いってことはありませんが、特に好きということもありません」

「トイレの前の柱に、富岡八幡宮のお札が貼られています。さほど古くないようですから、貼ったのは倉木さん御自身ですよね？」

「ああ、あれですか。人から貰いましてね、特に信心深いわけでもないんですが、せっかくだからと思い、貼ったわけです」

「貰った？　倉木さんが富岡八幡宮に行ったわけではないんですか？」

「違います。貰ったんです」

「どなたから？　どういった方から貰ったんですか」

倉木は訝《いぶか》しげに五代を見返してきた。目に浮かぶ警戒の色が濃くなっていた。

「なぜそんなことをお尋ねになるんですか。誰から貰おうが、大した問題ではないと思うんですが」

「それはこちらが判断いたします。誰から貰ったか、教えていただけませんか」

倉木は大きく息を吸った後、薄く目を閉じた。記憶を辿《たど》っているのかもしれないが、この様子もまた五代には時間稼ぎに思えた。

「申し訳ない」倉木は目を開けていった。「忘れました」

「忘れた？　神社のお札なんて、特に親しくもない相手から貰うことはないと思うのですが」

「そう思われるのも無理はありませんが、思い出せないんだからどうしようもない。すみませんな、歳のせいですっかり耄碌《もうろく》しております」

事情聴取や取り調べで厄介な回答の一つが、「忘れた」だ。「知らない」なら、物証を提示して、知らないはずがない、と追及することも可能だが、「忘れた」に対しては打つ手がない。

だが五代は手応えを感じていた。今回の出張は無駄足ではなかった。

「白石さんのところに電話したのは単なる法律相談だったということですが、その件について、ほかの法律事務所には相談しなかったのですか」

倉木は首を横に振った。「しておりません」

「白石さんに相談して、問題が解決したからですか」

「違います。逆ですよ。白石弁護士からは、インターネットで少し調べればわかるような、通り一遍の回答しか得られませんでした。考えてみれば、無料だし、当然のことかもしれませんな。それでもう意味がないと思い、よそへ相談するのもやめたという次第です」倉木は目をそらすこともなく悠然と答えた。事実を正直に答えているだけのように見えるが、嘘を見破られない絶対的な自信の表れのようにも受け取れる。

いずれにせよ、この場でそれを明らかにするのは不可能だと五代は感じた。だが一つだけ、確認しておかねばならないことがある。

　五代は腕時計を見た。

「長々と申し訳ありませんでした。では最後の質問です。十月三十一日は、東京に行かれましたか」

「十月三十一日……それはアリバイ確認のように聞こえますね」

「失礼だとは重々承知しております。関係者の方々全員にお尋ねしていることでして。御理解いただけますと幸いです」

　倉木は苦々しい顔を横に向けた。壁を見上げている。そこにカレンダーが掛けられているのだった。

「先月の三十一日ですか。生憎《あいにく》、何の予定も入っておりませんでしたな。つまり、いつもと変わらぬ平凡な一日だった、ということになります」

「それはどういうことですか」

　倉木の顔が五代のほうに戻ってきた。

「どこかに出かけることも、誰かが訪ねてくることもなかったということですよ。この家におりました。一日中」

「それを証明することは……」

「無理でしょうな」倉木は言下に答えた。「その日のアリバイはありません。残念ながら」

卑屈な気配など微塵《みじん》も感じさせない答えぶりだった。その自信がどこから来るのか、これから突き止めねばならないのかもしれない、と五代は思った。

もう一度腕時計を見た。正午を少し過ぎていた。

「わかりました。結構です。お忙しいところ、申し訳ありませんでした」

五代が立ち上がると、倉木も腰を上げた。

「すみませんね。どうやら、何のお役にも立てなかったようだ」

「いえ、それは――」五代は倉木の顔を正面から見据えた。「まだ何とも」

「そうなんですか」倉木は目をそらそうとはしない。

失礼します、と五代は頭を下げ、玄関に向かおうとした。

刑事さん、と倉木が呼びかけてきた。

「ひとつ、思い違いをしていました」

「思い違い？」

「最後に東京へ行った日のことです。先程、息子がお盆休みの時に行ったといいましたが、その後、もう一度行ったのを忘れていました」

五代は手帳を取り出した。「いつですか」

「十月五日です。特に理由はないんですが、何となく息子の顔が見たくなり、ふらりと新幹線に乗ったんです。例によって一泊だけして翌日には帰りました。特に印象に残ったこともなかったので失念していた次第です」

十月五日——五代は素早く考えを巡らせた。白石健介が初めて門前仲町に立ち寄ったのが十月七日だ。

なぜ倉木は、五代が立ち去る直前になってこのことを話したのか。実際、今まで忘れていたのか。それならば仕方がない。だがほかに考えられることはないか。

五代は倉木の息子の連絡先を尋ねている。

倉木は、警察が息子のところへ行くだろうと予想して、十月五日のことを隠しておくのはまずいと思ったのではないか。息子に確認すれば、ばれてしまうからだ。そうであれば、なぜ隠したのかということが気になってくる。

とはいえ、それをここで問うても無駄だろう。失念していただけだといい張るに違いない。

「御協力に感謝します。ありがとうございました」

五代は礼を述べ、部屋を出た。玄関に向かう途中、あの札の前で立ち止まった。

「誰に貰ったのか、思い出したら御連絡したほうがいいですか」倉木が尋ねてきた。

「そうですね。是非」

「では考えておきましょう。思い出せるかどうかはわかりませんが」

「よろしくお願いいたします」

靴を履いた後、五代は改めて倉木を見上げた。

「ではまた何かありましたら、お邪魔させていただきます」

倉木は一瞬不快そうに眉をひそめた後、小さく頷いた。「そうですね。何かありましたら、いつでもどうぞ」

失礼いたします、といって五代は外に出た。ドアを閉めると、すぐに鍵の掛かる音がした。

道路に出ようとし、ふと思いついたことがあって隣の車に近づいた。身を乗り出し、フロントガラスの向こうを目を凝らして見た。バックミラーにお守りが吊るされている。

思った通りだった。赤い布に金色の糸で『富岡八幡宮交通安全御守護』と縫ってある。これもまた人から貰ったものだと倉木はいうのだろうか。そしてそれが誰だったかは忘れた、と。

道路に出て歩きだしながら、なぜ買ったものだといわなかったのだろう、と五代は考えた。そうすれば、誰から貰ったか忘れた、などという不自然な答弁をしなくても済んだ。

もしかすると本当なのかもしれない。実際に貰ったものだから、ついそう答えてしまった。しかしその人物の名を口にするわけにはいかなかったので、苦し紛れに忘れたといったのではないか。

五代はいつの間にか早足になっていた。東京に戻ってやるべきことが増えた、と思った。

5

倉木和真《かずま》の勤務先は九段下にあった。靖国《やすくに》通りに面して建っているオフィスビルの中だ。しかし五代は中には入らず、外から携帯電話にかけた。電話に出た倉木の息子は、かけてきたのが警視庁の人間だと知り、意外そうな声を出した。訊きたいことがあるので会ってほしいと五代がいうと、何の件かと尋ねてきた。どうやら父親からは何も聞いていないようだ。

幸い和真は社内にいて、少し抜けられそうだというので、会社のそばにある古い喫茶店で会うことになった。今日は中町も一緒で、奥のテーブル席で並んで待っている。

「倉木はどういうつもりなんでしょう?」中町がいった。「警視庁の刑事が行くかもしれないって、どうして息子に知らせなかったのかな。そんなことはないだろうと思ったんですかね」

「それはあり得ない」五代は断言した。「あの人物は、なかなかの曲者《くせもの》だ。自分が疑われていることに気づいただろうし、俺が息子のことを尋ねた理由もわかっているはずだ。たぶん息子に知らせたところで意味がないと考えたんじゃないか。妙に口裏を合わせるのは、却ってよくないと思ったからこそ、十月五日に上京したことを話したんだと思う」

「たしかに。口裏を合わせて、十月五日の上京を隠すこともできたわけですからね」

「そういうことだ。仮に倉木が事件に絡んでいるとしても、息子のほうは無関係なんだろうと思う」

五代は慎重な言い方をしたが、内心では事件に絡んでいるどころか、犯人は倉木で決まりではないか、とさえ考えていた。白石に電話をかけていること、その後に白石が門前仲町に足を運ぶようになったこと、そして柱の札と車のお守り、何もかもが怪しすぎる。それについては上司たちも同意してくれて、すでに倉木の人間関係を洗うよう、ほかの捜査員に指示が出された。また門前仲町では、倉木の顔写真を手に、大勢の捜査員が聞き込みを始めている。

喫茶店のドアが開き、一人の男性が入ってきた。三十歳そこそこといったところか。鼻筋の通った、整った顔つきをしている。倉木の息子だな、と五代はすぐにわかった。父親と目元がそっくりだった。

ほかの客はカップルや女性たちだった。男性は五代たちに目を留めると、やや緊張の面持ちで近づいてきた。五代と中町は立ち上がった。

「電話をくださった方ですか？」

「そうです。お仕事中、申し訳ございません」五代は警視庁のバッジは示さず、名刺を差し出した。

倉木和真は名刺を見て、怪訝《けげん》そうに眉根を寄せた。捜査一課という文字に反応したのかもしれない。そこが殺人などの凶悪犯を担当する部署だということは、近頃は一般人でも知っている。

和真が戸惑い顔で席につくのを見て、五代たちも座り直した。白髪頭のマスターが水を運んできたので、和真はコーヒーを注文した。

「それで話というのは何でしょうか。とても気になっているんですが」和真はおそらく正直な気持ちを吐露したと思われた。

「電話では思わせぶりな言い方になってしまい、申し訳ありませんでした。話というのはほかでもありません。お父さんについて、いくつかお尋ねしたいのです」

「父?」和真は意表をつかれた顔になった。まるで予想していなかったらしい。「父というと倉木達郎のことですよね?」

「もちろんそうです」

和真は釈然としない様子で瞬きを繰り返した。

「父が何かしたのですか。父が住んでいる場所は、愛知県安城市ですよ」

「存じております。でも、時々上京されるそうですね」

「それはそうですけど……」

「最近では、いつ上京されましたか」

「ちょっと待ってください」和真は軽く両手を出し、五代と中町の顔を交互に見た。「これは何の捜査なんですか。父がどう関わっているんですか。そこをまず話していただけないと、こちらとしても答えようがないんですけど」

するとと中町が、「そんなことはないでしょう」と笑みを含んだ口調でいった。「何の捜査かわからなくても、お父さんがいつ上京されたかは答えられるはずです」

「気持ちの問題です」和真は強い視線を返した。「プライバシーを話すわけですから、それぐらいは教えてくれてもいいのではないかといっているわけです」

剣呑《けんのん》な雰囲気が漂いかけた時、コーヒーが運ばれてきた。しかし和真が手を付けようとしないので、「どうぞお飲みになってください」と五代が笑いかけた。「ここのコーヒーは有名だそうですね。冷めてしまったらもったいない。さあ、どうぞ」

促され、不承不承《ふしょうぶしょう》といった顔で和真はコーヒーにミルクを注いだ。

「殺人事件です」五代は和真がカップを口元に運ぶ前にいった。「東京で、ある人物が殺されました。そこで我々は、被害者と接触した人間、接触した可能性のある人物全員に当たっています。接触というのは、直接会ってなくても、電話やメール、手紙でのやりとりなどを含めます」

「その中に父の名も入っているわけですか」和真はカップを持ち上げたままだ。

「そういうことです。電話をかけておられます」

和真はコーヒーを一口だけ啜《すす》り、カップを置いた。

「相手の方がどういう人か、教えていただくわけには……」

「それは我々の口からはちょっと。どうしても知りたいということであれば、お父さんにお尋ねになってください。お父さんは御存じです」

「父にお会いになったのですか」

「先日、お会いしてきました。それであなたの職場や連絡先を教わったのです」

「父は、そんなことは一言も……」

「お父さんにはお父さんの考えがおありなんでしょう。さあ、これで大体のところはお話ししました。答えていただけますか。最近、お父さんが上京してきたのはいつですか」

ちょっと待ってください、といって和真はスマートフォンを取り出した。何やら操作しているが、どうやらスケジュールを確認しているらしい。

「十月五日ですね」和真の回答は五代たちの予想した通りのものだったが、続けた言葉が引っ掛かった。「正確にいえば十月六日ですけど」

えっ、と五代は思わず声を漏らした。「どういうことですか」

「五日の何時頃に東京に着いたのかは知りません。ただ、僕の部屋に来たのは日付の変わった午前一時頃だったんです」

「それまではどこで何をしておられたんですか」

「詳しくは知りません。尋ねても、あちこちぶらぶらしていた、という答えが返ってくるだけです。来る時はいつもそうだから、こっちも気にしなくなりました」

「いつもそう……すると親子で夕食を一緒に摂るようなことは？」

「最初の頃に何度かあっただけで、もう何年もそういうことはしてないです。こっちも父に合わせてスケジュールを調整するのは面倒だし、翌日の朝食だけで十分です。父親と息子で長く顔を合わせてたって、話すことなんてないし」

「お父さんは翌日すぐにお帰りになるのですか」

「そうだと思いますが、よくわかりません。近所に早くからやっている定食屋があって、そこで二人で食べた後、店の前で別れるんです」

「上京される頻度は？」

「二、三か月に一度といったところです」

この点は倉木の供述と一致している。

「あなたは上京して何年ですか」

「大学を四年で卒業して、そのまま就職して十一年ですから、十五年になります」

「お父さんが遊びに来られるようになったのは、いつ頃ですか」

「たしか、定年退職したのがきっかけだったと思います。時間ができたからといって、やってきました」

「それ以後、今のペースで来られているわけですか」

「そうですね。はい、そうだったと思います」

「その間、何か変わったことはありませんでしたか。良いことでも悪いことでも結構です。お父さんが、今日こんなことがあったと報告されたようなことが」

「どうだったかなあ」和真は手のひらを額に当てた。「小さなことはあったかもしれません。でも覚えてないです。すみません」

「お父さんは、東京ではいつも一人で行動しておられるんですか。誰かと会ったりしている様子はありませんか」

「そんな話は」和真の表情に、かすかに狼狽が走るのを五代は見逃さなかった。「父から聞いたことがありません。こちらには知り合いもいないし、新たに誰かと知り合ったなんて話もないです。いつも一人だったと思います」

「そうですか。では、あと二つだけ質問させてください。門前仲町という地名を聞き、何か思いつくことはありますか。あるいは富岡八幡宮でも結構です」

「もんぜんなかちょう？」思いがけない地名を出され、和真が軽く混乱しているのがわかった。演技には見えない。首を横に振り、「何ですか、それは？　どうしてそんな地名が出てくるんですか」と逆に訊いてきた。本当に心当たりがないとみてよさそうだった。

「申し訳ないのですが、それについても我々から答えることは控えさせていただきます。最後の質問です。最近お父さんから、法律絡みのことで何か相談されましたか」

「法律？　どんな法律ですか」

「どんなものでも結構です。金銭関係かもしれないし、何かの権利に関わることかもしれません。相談されませんでしたか」

「いや、そんな話をされたことはありません」

「わかりました。私からは以上です。ありがとうございました」五代は自分の手帳を閉じた。

「自分から、ひとつ訊いてもいいですか」しばらく黙っていた中町が開口した。「お父さんの上京について、あなたはどんなふうに感じておられますか」

「どんなふうに？　どういう意味ですか」

「自分も地方出身者だからよくわかるんですが、親がしょっちゅう上京してきたら鬱陶《うっとう》しいものです。二、三か月に一度というのは、かなり頻繁《ひんぱん》です。何のためにこんなに来るんだろうと不思議に思うのがふつうではないでしょうか。東京見物といったって、行くところにはかぎりがある。となれば、何か別の目的があるんじゃないかと勘繰りたくなると思うんですが」

和真はあからさまに不快感を示した。眉間に皺を刻み、口元を曲げて、コーヒーカップを持ち上げた。おそらくぬるくなっているであろうコーヒーを飲み干した後、乱暴にカップを置いた。

「あなたのおたくの親子関係がどうかは知りませんが、うちはお互いに干渉しない主義なんです。父が頻繁に上京しようと、僕には関係のない話です。したがって、何かを勘繰るようなこともありません」和真は五代に目を向けてきた。「仕事がありますので、これで失礼させていただいて構いませんか」

「もちろんです。ありがとうございました」

五代は頭を下げ、次に上げた時には、和真は大股で出口に向かっていた。

「君の最後の一撃はよかった」五代は隣の中町に笑いかけた。「倉木和真も常日頃から疑っていたんだろう。それをずばり指摘されたものだから、つい取り乱してしまったというわけだ」

「疑っていた、というのはつまり……」

ふふん、と五代は鼻を鳴らして笑った。

「しょっちゅう上京してきながら、行き先を息子に教えない。そして息子の部屋にやってくるのは深夜。大した話もせずに翌日には帰っていく。男がこんな行動を取るとしたら、理由は一つしか考えられない」

「女、ですね」

五代は大きく頷いた。

「富岡八幡宮のお札もお守りも、『女』から貰ったものだと思う。『女』を見つければ、事件は動くぞ」

「本部に大きな土産を持ち帰れそうですね」中町は嬉しそうに目を細めた。

6

五代たちが倉木和真に会いに行った三日後、『女』ではないかと思われる人物が見つかった。手柄を上げたのは、倉木達郎の顔写真を手に、門前仲町を歩き回っていた捜査員たちだ。町の片隅にあるような小さな店も見逃さずに粘り強く聞き込みを続け、ついに一軒の酒屋の店員から、「何度か見かけた」という証言を得たのだ。といっても、その酒屋には飲酒コーナーなどはない。店員が倉木を目撃したのは、ある小料理屋だった。その店で客に出す酒が足りなくなって急遽《きゆうきよ》配達に出向いた時、店の客としてカウンター席に座っていたということだった。

その店は、『あすなろ』といった。門前仲町で店を出して、二十年以上になるらしい。店主は七十歳近い婆さんだが、実際に切り盛りしているのは娘で、そちらはまだ四十前後だという。六十六歳になる倉木の『女』として、十分に考えられた。

「この件はおまえたちの獲物だ。話を聞いてきてくれ」そういって筒井から手渡されたのは一枚の地図だ。『あすなろ』の所在地を示したものだった。

中町と二人で門前仲町へ出向いた。しかし五代には店に行く前に立ち寄っておきたい場所があった。そのことをいうと中町も同意してくれた。「いいですね。行きましょう」

その場所とは白石健介が訪れた例のコーヒーショップだった。前回と同様に二階に上がり、永代通りを見下ろせるカウンター席に並んで座った。

五代さん、と中町が呼びかけてきた。彼が手にしているのは、筒井から渡された地図だ。「俺、当たりだと思います」

五代は横からちらりと地図を覗き込んだ。『あすなろ』が入っているビルが、このコーヒーショップの真向かいにあることは、ここへ来る前に確認していた。白石健介が『あすなろ』の関係者が店に出入りするのを見張っていた、というのは、決して突飛な想像ではないだろう。

「そう決めつけるのは早計だが、まるっきりの外れってこともないだろうな」そういって五代は紙コップを手にした。中に入っているのはチェーン店の飲みなれたコーヒーだが、今日は格別の味がした。

今はどんなに小さな店の情報でも、インターネットを使えば簡単に手に入る。『あすなろ』の開店時刻は午後五時半のようだ。時計の針が四時半を少し過ぎたところで二人は腰を上げた。

『あすなろ』が入っているビルは小さくて古かった。一階はラーメン屋で、その脇に階段がある。上に『あすなろ』の看板が出ていた。

階段で二階に上がると、入り口の戸には『準備中』の札が掛けられている。

その戸を開け、中に入った。最初に五代の五感を刺激したのは、出汁《だし》の香りだった。次に店内の様子が目に入った。白木《しらき》を使ったカウンターがあり、その向こうに一人の若い女性がいた。スウェット姿でエプロンを着けている。だが化粧は済ませているらしく、丁寧に仕上げられた眉が印象的だった。

「あ、開店は五時半からなんですけど」女性はいった。

「いえ、我々は客ではないんです。こういう者でして」五代は警視庁のバッジを女性に向けた。

女性はしゃもじを手にしたまま、戸惑ったように動作を止めた。深呼吸をする気配があり、はい、と答えた。「どういった御用件でしょうか」

　第一印象は「若い女性」だったが、よく見ると目尻に小皺があった。しかし四十代にはとても見えなかった。顔が小さく、目鼻立ちはくっきりとしている。

「失礼ですが、あなたがこの店の経営者ですか」

「違います。経営者は母です。今、ちょっと買い物に出かけていますけど」

「浅羽《あさば》洋子《ようこ》さんですね」

「はい、浅羽洋子は母です」

「あなたもこのお店で働いておられるようですね。お名前を教えていただけますか」

「浅羽オリエといいますけど……あの、この店がどうかしたんでしょうか」

　不安げに瞳を揺らした相手の質問には答えず、五代は名前を漢字ではどう書くのかを尋ねた。

　織物の織に恵まれると書きます、と女性は答えた。中町が隣でそれをメモした。

　五代は一枚の顔写真を差し出した。「この男性を御存じですか」

　織恵《おりえ》は写真を見て、少し目を大きくした。ええ、と頷く。

「名前を知っていますか」

「倉木……という方です。うちに時々いらっしゃいます」

「下の名前を知っていますか」

「たしか、タツロウさん……だったと思いますけど、違っているかもしれません」

織恵の口調は自信なげだ。男女の関係があれば知らないわけがないが、巧妙な演技の可能性も高い。この世の女は全員名女優、というのは五代がこれまでの刑事経験から得た教訓だ。

「最近来たのはいつですか」

織恵は首を傾げた。「先月の初め頃だったと思います」

「どのくらいの頻度で来ますか」

「年に数回です。続けざまに来られることもあれば、少し間が空くこともあります」

「いつ頃から来るようになりましたか」

「正確なことは覚えてませんけど、五、六年前だと思います」

和真の話と一致する。倉木は上京のたびにこの店を訪れていたようだ。

「この店に来たきっかけは聞いていますか。誰かに教わったとか」

さあ、と織恵は首を傾げた。

「それは聞いていないように思います。ふらりと入って、たまたま気に入っていただけたと思っていたんですけど」

「一人で来ますか。それとも誰か連れがいますか」

「いいえ、いつも一人でお見えになります」

「一人で何をしているんですか」

「何をって……そりゃあこういうお店ですから、食事をしつつ、お酒を飲んでおられます」

「大体何時から何時ぐらいまでですか」

「七時ぐらいにいらっしゃることが多いです。お帰りになるのは閉店間際でしょうか」

「この店の閉店時刻は？」

「ラストオーダーが十一時で、閉店は十一時半です」

「どの席で？」

「えっ？」織恵は虚を衝かれた顔になった。

「馴染みの店ができると、決まった席に座りたくなるものです。そういう席があるんじゃないかと思いましてね」

ああ、と織恵は頷いてから、そこです、と壁際の席を指した。

その席を見つめ、五代は倉木が座っている様子を思い描いた。ほかの客の邪魔にならない席で、閉店までの四時間半を酒を飲みながら一人で過ごす——店に対して特別な思いを抱いていないとできないことだ。

いや、店ではなく人か。

あの、と織恵が意を決したように口を開いた。「これは何の捜査でしょうか。倉木さんに何かあったんですか」

五代が黙っていると、あなたは、と中町が穏やかな口調でいった。「訊かれたことに答えてくだされば結構です。余計なことは知らないほうがいい」

「でも、こんなふうに倉木さんのことを根掘り葉掘り訊かれたら、気になってしまいます。今度、倉木さんがいらっしゃった時、どう接していいのかわかりません。たまにしかいらっしゃいませんけど、とても良い人です。私にも母にも優しくしてくださるし。今日のことを倉木さんにお話ししてもいいんですか」

「もちろん構いません」五代は即答した。「すでに本人にも会ってきましたから」

「そうなんですか……」

　意外そうに視線を揺らした織恵の顔を五代は見つめた。倉木と特別な関係にあるのなら、東京の刑事が愛知県まで訪ねてきたことを聞いていないわけがない。だが無論、この表情を信じる気はなかった。女は女優だ、と改めて自分にいい聞かせた。

「根掘り葉掘りとおっしゃいましたが、我々はまだ大したことは尋ねてませんよ」五代は織恵の整った顔を見据えた。「本格的な質問は、これからです。倉木達郎という人物についてあなたが知っていることを、すべて話していただけますか。どんな些細なことでも構いません。――中町君、メモの用意はいいか」

「いつでも大丈夫です」中町は小型のノートを開いていた。ボールペンを構え、どうぞ、と織恵を促した。

「そういわれても、大したことは知りません。倉木さんは御自分のことはあまり話されないので……。たしか愛知県にお住まいで、息子さんがこちらにおられると聞いています。その息子さんに会うついでに、うちに来てくださるみたいです。その時は大抵、愛知県のお土産を持ってきてくださいます。そのほかには……」織恵は首を傾げ、考え込む表情になった。「中日ドラゴンズのファンみたいですね。これといった趣味はなくて、定年退職直後は時間のつぶし方がわからずに困ったとか。ほかには……」吐息を漏らした後、ゆっくりと首を振った。「すみません。もっといろいろと聞いているはずなんですけど、今すぐには出てこなくて」

「では時間のある時にでも思い出しておいてください。どうせ、何度かお邪魔することになると思いますので」

五代の言葉に、織恵は憂鬱そうに眉をひそめた。また来るのか、と顔に書いてあった。これはたぶん演技ではないだろう。

背後で戸の開く音がした。振り返ると、ベージュ色の上着を羽織った、小柄な女性が驚いたように立ち尽くしていた。白いレジ袋を両手に提げている。年齢は七十歳前後で、眼鏡をかけた小さな顔には無数の皺が刻まれている。それでも五代には、織恵の母親だろうと一目でわかった。顔がそっくりだからだ。

「浅羽洋子さんですね」

五代の問いかけに彼女は答えず、カウンターに目を向けた。

「警察の人」織恵がいった。「倉木さんのことを聞きたいそうよ」

お邪魔しております、といって五代は洋子にバッジを見せた。

洋子は警察のバッジなんかには興味がないとばかりに見向きもせず、カウンターに近づいて提げていた袋を織恵に渡した。それからようやく五代たちのほうに顔を向け、「倉木さんが何かやったとでもいうんですか」と訊いてきた。

「それはまだ何とも。だからあちこち聞き込みに回っているわけです。こちらにも」

「なるほどね。何の捜査か知りませんけど、倉木さんを疑っているんだとしたら、とんだ的外れですよ。あの人が悪いことなんかするわけありませんからね」洋子は、きっぱりといいきった。

参考にしますと答えながら、五代は奇妙な感覚を抱いていた。今の洋子の台詞に、何か引っ掛かるものを感じたのだ。その正体が自分でもわからない。

「うちのことは倉木さんからお聞きになったんですか？」洋子が訊いた。

五代は苦笑し、小さく手を振った。「そんなことは明かせません」

「私たちは訊かれたことに答えていればいいそうよ」カウンターの中から織恵が皮肉の籠もった口調でいった。

「ふうん、そうですか。だったら、さっさと済ませてくださいな。こちらは開店時刻が迫ってるもんですから。それにこんなことをいっては失礼でしょうけど、私は警察ってのが昔から大嫌いでね」そういって五代を見上げた洋子の目には、ぎくりとするような冷たい光が宿っていた。

「わかりました。ではお二人にお尋ねしますが、白石健介という方を御存じありませんか。弁護士さんです」

「私の知り合いにはいませんね。あんたはどう？」洋子は織恵に訊いた。彼女が黙って首を振るのを見てから、「知らないそうです」と五代にいった。

「そうですか。ところで近くに富岡八幡宮がありますが、行くことはありますか」

「そりゃあ、ありますよ。こんなに近くなんですからね」

「お札やお守りを買うなんてことも……」

「ございます」洋子は頷いてから、「ほらあそこにも」と厨房の壁を指した。天井に近いところに、倉木の家で見たものに似た札が貼られている。

「買ったお札やお守りを人にあげたことは？」

「しょっちゅうありますよ。馴染みのお客さんなんかに」

「倉木さんにはどうですか」

「倉木さん？　ああ、そうだ」洋子は軽く手を叩いた。「そういえば倉木さんにも差し上げました。あれは何年前でしたっけねえ。三年ぐらい前でしょうか。いつもお土産をくださるんで、そのお礼に」

　この回答に、五代は考えを巡らせる。洋子の話を聞くかぎりでは、誰から貰ったかを忘れたという倉木の言葉は、やはり不自然だ。なぜ倉木はこの店のことを隠そうとしたのか、それを突き止めねばならない。

「あなた方の話を聞いていると、倉木さんとお二人の親しげな様子が目に浮かびますが、常連さんとかの中に、倉木さんと仲が良い方はいますか」

「どうでしょうかね。こんなに小さい店ですから、何度か顔を合わせるうちに親しくなった人はいるようですよ」

「どういう人がいるか、教えてもらえますか」

「それは無理な相談です」洋子は笑いながらいった。「どうしても知りたいというなら、営業時間内に来て、御自分の目と耳で確かめたらいいじゃないですか。ただし、お客さんとして来てくださいよ。さっきのバッジなんかを振りかざしたら、営業妨害で訴えさせてもらいますからね」

　五代は苦笑して頷いた。「考えておきます」

「刑事さん、まだほかに訊きたいことがあるなら、日を改めてもらえませんかね。もうお尻に火がついとるもんで」壁の時計を見ながら洋子がいった。

その瞬間、五代は先程抱いた奇妙な感覚の正体に気づいた。

イントネーションだ。洋子の言葉には微妙な訛りが含まれている。それは五代が最近どこかで耳にしたものに近かった。

三河安城駅から乗ったタクシーの運転手の言葉遣いだ。三河弁のイントネーションだ。

「どうされました?」洋子が怪訝そうな顔をした。

「いえ、何でも。では最後に一つだけ。十月三十一日は、いつもと同じように店を開けておられましたか」

「先月の三十一日ですか。その頃に臨時休業なんかをした覚えはありませんけどね」

「お二人とも店に出ておられたのですね」

「出てましたよ。おかげさまで、一人だと手一杯になっちゃいます。その日がどうかしたんですか」

「ええ、ちょっと……」

「あっ、そうでしたね。こっちからは質問しちゃいけないんだった」洋子は口元に手をやり、肩をすくめた。

「どうもありがとうございました。できましたら、お二人の住所と電話番号を教えていただけませんか」

洋子は顔をしかめた。「この上、自宅にまで押しかけてくるつもりですか」

「いや、今のところそういうつもりはないのですが、念のため」

洋子はため息をつきつつ、そばにあったメモに住所と二人の携帯電話番号を記してくれた。二人は東陽町にあるマンションで一緒に暮らしているらしかった。

「あなた方は、どちらの御出身ですか」五代はメモから顔を上げ、洋子を見つめた。「織恵さんはともかく、少なくともあなたは東京生まれではないようですが」

洋子の顔から表情が消えた。たった今まで浮かんでいた警察に対する嫌悪さえ、感じられなくなった。

彼女は、ふうーっと長い息を吐き出した。カウンターの織恵と目を合わせた後、五代のほうを向いた。

「御明察ですよ。愛知県瀬戸《せと》の出身です。その後、結婚して豊川《とよかわ》という土地に三十代半ばまでいました。上京したのは、主人が亡くなってしばらくしてからです」

「なるほど、そうでしたか。だったら、倉木さんとは故郷の話なんかで盛り上がれそうですね」

「いいえ、そんな話はしたことがありません。私が愛知の出身だともいってません。倉木さんは気づいておられたと思いますけど、尋ねられたことはありません。私がいわないので、触れてはいけないと気を遣っておられるのかもしれませんね」

「触れては……いけないのですか」

洋子は能面のような顔のままで深呼吸した。

「あちらこちらに手を回して調べられるのは嫌なので、今ここで告白しておきます。先程、警察は嫌いだといいましたが、きちんとした理由があるんです」

「どういうことですか」

「主人は……私の夫は」

能面が表情を作り始めた。目が血走り、頬が強張り、口元が歪《ゆが》んでいく。現れたのは、深い悲しみの色だった。

「警察に殺されました」洋子の皺に囲まれた唇から、呻《うめ》くような声が漏れた。「殺人事件の容疑者として逮捕され、そのまま帰らぬ人となりました。留置場で首を吊ったんです」

7

「事件が起きたのは、一九八四年五月十五日火曜日です。場所は名古屋鉄道東岡崎《ひがしおかざき》駅の近くにある雑居ビルの一室で、そこを事務所にして金融業を営んでいた男性が殺害されました。被害者の名前は灰谷昭造《はいたにしょうぞう》で、年齢は五十一歳。独身でした。発見したのは事務所の従業員で、警察に通報したのは同日の夜七時三十分頃。凶器は出刃包丁で、胸を刺されていたそうです」

筒井の低い声が、あまり広くない会議室内で響いた。机を囲んでいるのは、五代と筒井を除けば、捜査一課強行犯係長や所轄の署長、刑事課長、捜査一係長といった上役の面々ばかりだ。

「五月十八日、つまり事件の三日後、福間淳二《ふくまじゅんじ》が逮捕されました」筒井が資料を見ながら話を続ける。「何の容疑かは不明ですが、後の経緯から推察しますと、別件逮捕だった可能性が高いです。福間は当時四十四歳、豊川市在住という以外に詳しいことはわかりません。警察署の留置場で自殺を図ったのは、それから四日後のことです。衣類を使っての首吊り自殺だったようです。その後、被疑者死亡で送検され、不起訴処分ということで、この事件の片は付いています。一九九九年の五月に公訴時効を迎えたのを機に、関連の捜査資料はあらかた廃棄されたということです」

筒井が読み上げた資料は、浅羽洋子の話に基づいて五代が改めて調べ、作成したものだ。洋子は夫が逮捕された年月日は正確に記憶していたが、事件の概要はあまり把握していない模様だった。

「ある日、急に刑事やら警官やらが家に押しかけてきて、主人を連れていきました。主人は私に、すぐに帰れるだろうから心配するなといってたんですけど、何日経っても戻ってこず、次に知らされたのは牢屋で首を吊って死んだということでした」

淡々と話す洋子の顔を五代は忘れられない。三十年以上が経った今でも、彼女の心の傷が癒えていないことは明らかだった。

だが記録という面では、事件は完全に風化していた。愛知県警に問い合わせることで事件の内容については判明したが、どんな捜査が行われ、どういう流れで被疑者逮捕に至ったかなどは、もはや確認できなくなっていた。筒井が読んだ文面の一部は、当時の新聞記事からの引用だった。

「参考人自らが、その事件のことを話したわけだね」強行犯係長の桜川《さくらかわ》が確認した。五代たちの直接の上司である。

そうです、と五代が答えた。

「刑事が来たぐらいだから、どうせ自分たちが愛知県にいた頃のことも調べられるだろう、小さな町だから、ちょっと聞いて回ればすぐにわかる、それなら先に話しておこう、と思ったそうです」このことはすでに桜川には話してあるので、ほかの幹部たちのほうを向いて説明した。

「さて、この件をどう扱いますかね」桜川が幹部たちの意見を求めるようにいった。

「被害者の行動の中で最も不可解なのは、事件当日を含めてこの一か月間に三度、門前仲町に足を運んでいることです。ところがその理由については全くわかっておりません。唯一繋がりがあるとすれば、倉木達郎なる人物です。倉木、小料理屋『あすなろ』、そして被害者の関係を、引き続き五代君たちに追ってもらおうと考えています。問題は、筒井君が読み上げてくれた三十数年前の事件にどこまで手を付けるかです」

うーん、と唸り声を漏らしたのは細長い顔の署長だ。「あまり筋の良くない話ですねえ」

「おっしゃる通りです」

「これ、愛知県警としては触れられたくない案件だと思うんですよねえ。勾留中の被疑者に死なれるなんて、失態もいいところだ。忘れたいというか、なかったことにしたいんじゃないかな」

「そうでしょうね」桜川は頷く。「ですから御相談しているわけです」

「その小料理屋の女将《おかみ》たちが犯人である可能性は少ないんですよね」

「五代君の話によればそうです。犯行時は店で働いていたと思われますから」

「だったら、店が何らかの形で事件に関与しているかもしれないとして、女将たち個人について調べる意味はあまりないように思うんですがね。ましてや三十年以上も前の過去を」

署長は明らかに及び腰だ。他県の警察を刺激したくないのだろう。

五代君、と呼びかけてきたのは刑事課長だ。

「君の感触はどうなの？　女将たち個人は事件とは関係ないと思うかね」

五代は小さく首を捻った。

「正直いって、よくわかりません。ただ、倉木達郎があの店のことを隠していた点が気になります。お札を貰った相手を忘れたといったのも不自然です。倉木が隠したかったのは、店ではなく、あの母娘の存在だったように思うんです。ですから——」

「わかった、もういい」刑事課長は五代を制するように手を出した後、署長のほうを向いた。「愛知県警としては触れられたくない話でしょうけど、当時の責任者が残っているわけではないでしょうし、さほど気にすることはないように思います」

部下にいわれ、署長も踏ん切りがついたようだ。不承不承といった様子で桜川に頷きかけた。「わかりました。お任せします」

「では上司と相談し、愛知県警の協力を得られるよう取り計らいます」そういってから桜川は筒井と五代に目配せした。御用済みということらしい。

失礼します、と上役たちに頭を下げ、五代は筒井と共に会議室を出た。

「面倒臭いことになるかもしれないぞ」廊下を歩きながら筒井が、先程読み上げた書類をひらひらさせた。

「一九八四年か」五代はため息をついた。「まだ学校にも行ってない」

「捜査資料なんて残ってなくて当然だ。となれば、当時の担当者に聞いて回るしかない」

「責任者たちは大抵死んでるでしょうしね」

「担当者が当時俺たちと同世代だったとして、今は七十歳以上か。生きてたとしても、こっちのほうが怪しいかもしれんぞ」筒井は、こめかみを指でつついた。

五代は苦笑しつつ、少し気が重くなった。もし事件について明瞭に覚えている人物がいたとしても、きっと今さら思い出したくないに違いない。自分が話を聞きに行ったところで歓迎はされないだろうと思った。

8

「味噌カツって、食べたことないんですよ。五代さん、食べたことあります?」隣席の中町がスマートフォンをいじりながら訊いてきた。

「いや、じつは俺も食べたことがないんだ。前回の出張の時に気にはなったんだが、結局食べなかった。味がイメージできなくてね。白状すると食わず嫌いなところがある」

「そうなんですか。見かけによらないですね」

「うちのお袋からは、そんなんだから結婚できないんだとよくいわれる。しかし中町君が食べるなら付き合うよ。仕事が終わって、良い店があったら入ろう」

「たくさんあるみたいです。何しろ名古屋ですからね」中町はスマートフォンから目を離さない。

車内アナウンスが、間もなく名古屋駅に到着することを告げた。五代はポケットの切符を確認した。

五代が再び愛知県に出張を命じられたのは、幹部たちだけの会議に出席させられてから四日目のことだった。今回の行き先は名古屋市天白区《てんぱく》だ。名古屋駅だから『のぞみ号』で行ける。しかも中町の同行も認められた。久しぶりの出張だそうで、張り切っている。

一九八四年に起きた『東岡崎駅前金融業者殺害事件』の捜査資料は、やはり殆ど残っていなかった。時効が成立していることや事件発生からの年月を考えれば自然なことで、愛知県警が意図的に隠しているとは考えにくい。それどころか県警はかなり協力的で、当時の捜査担当者を粘り強く捜してくれたのだ。記録が残っていないので、年配者たちの記憶だけが頼りなわけで、かなり大変だったことは想像に難くない。五代としては頭の下がる思いだった。

そうして見つかったのが、これから五代たちが会おうとしている人物だ。事件を担当した、元捜査員らしい。年齢は七十二歳。事件当時は四十前だ。第一線の刑事だったのではないか、と期待できる。

　白石弁護士殺しについては、残念ながら捜査が進展しているとは到底いい難かった。凶器のナイフは量販店で買えるものだし、殺害現場から犯人の遺留品と思えるものは見つかっていない。現場周辺に設置された防犯カメラからも、今のところ有益と思える映像は得られていなかった。倉木が『あすなろ』に通っていたことを突き止めた地取り捜査班も、それ以後は特に成果なしだ。

　現在は、白石健介が所持していたスマートフォンの位置情報に基づく捜査に期待がかけられている。初対面の相手に殺害されたとは考えにくいので、過去に白石健介は犯人とどこかで会っていたはずだ。そこで最近の足取りをすべて追い、店などに滞在していた場合は誰かとの会談の可能性が高いと考え、その店に設置してある防犯カメラの、同日同時刻の映像を調べるのだ。店にカメラがない場合は、付近の防犯カメラで歩道などを確認する。根気のいる作業ではあるが、被害者が最近どういう人間と接していたかを正確に調べられるという利点がある。

　とはいえ、それで犯人が判明するとはかぎらない。映っているのが仕事相手や依頼人ばかりでは、そこから先は手詰まりになる。

五代たちが名古屋駅の改札口を出たところで、一人の男性が近づいてきた。年齢は三十歳前後か。眼鏡をかけた、人当たりの良さそうな人物だった。

挨拶し、お互いの身分を確認し合った。向こうは愛知県警の地域課に所属する片瀬《かたせ》という巡査長だった。道案内をしてもらえることは、事前に打ち合わせてある。

「このたびは面倒なことをお願いして、申し訳ありません」東京からの手土産を渡しながら五代は詫びた。

「お気遣いなく、お互い様ですから」片瀬は微笑《ほほえ》んだ。

ここからは車で行くらしい。駅を出たところで五代たちを残し、片瀬は車を取りに行った。間もなく、白いセダンが現れた。運転しているのは片瀬だった。

中町が助手席に乗ろうとしたが、それを制し、五代が乗り込んだ。そのほうが片瀬と話しやすいからだ。

「東京から厄介なことをいってきたと思われたんじゃないでしょうか。何しろ三十年以上も前の事件についてですから」車が動きだしてから、五代はいった。

「個人的には楽しかったですよ。自分が生まれる前の事件を調べるのは初めての経験でしたし」片瀬の口調は穏やかだ。社交辞令には聞こえなかった。

「片瀬さんも今回の調査に加わっておられたのですか」

「捜す相手は元警察官といっても、今はただのおじいちゃんですからね。地域課の出番となります」

片瀬によれば、これから会いに行く人物の名前は村松重則《むらまつしげのり》といって、『東岡崎駅前金融業者殺害事件』発生当時は、所轄の刑事一係に所属していたらしい。その時の階級は巡査部長で、捜査の第一線に参加していたという。

「頭ははっきりしていて、事件のことも明確に記憶しているようです。それからたぶんこれが一番重要だと思うのですが、当時の捜査記録を保管しているとか」

「えっ、本当ですか」

「といっても個人的なものだけですがね。現役時代に使用していた手帳やファイルなどを捨てずに置いてある、ということです。その中に例の事件のものも含まれているそうです」

「なるほど」

五代は納得した。彼自身、これまでの捜査記録を自室にしまいこんでいる。何の役にも立たないとわかりつつ、捨てられないのだ。それらを得るためにどれだけ歩き回ったか、知っているのは自分だけだ。

三十分ほど走ったところで片瀬は車を止めた。住宅地で、近くに幼稚園があった。集合住宅が目に付くから、サラリーマン世帯が多く住んでいるのかもしれない。

片瀬が案内してくれたのは、和洋折衷の古い一軒家だった。例によって駐車スペースを広々と取っており、二台は楽に止められそうだ。だが今は軽自動車が一台止められているだけだった。

片瀬がインターホンでやりとりすると、玄関のドアが開き、白髪の男性が現れた。思ったよりも小柄で顔つきも温厚だ。元刑事、という雰囲気はない。

男性は愛想よく五代たちを招き入れてくれた。通されたのは小さな庭を見下ろせる洋風の居間で、大理石のテーブルを挟み、五代たちは村松と向き合った。改めて挨拶を交わした後、村松の妻が日本茶を出してくれた。物静かな女性で、短めの髪を明るい色に染めている。奇麗に化粧しているが、来客に備えてのものかもしれない。

「お忙しいところ、申し訳ございません」

五代が頭を下げると、村松はいやいやと手を横に振った。

「忙しいことなんかありゃせんです。ちっと前まで駐車監視員をしとったんですが、とうとうお払い箱になりました。毎日、暇を持て余しております。私なんかでよければ、いくらでも力を貸します」村松の口調は快活だ。片瀬がいうように頭は明敏なのだろう。

「お聞きになっておられるかもしれませんが、先日東京で起きた殺人事件の捜査の中で、ある参考人が愛知県の出身であり、かつてこちらで起きた殺人事件の被疑者の妻だと判明しました。一九八四年の、『東岡崎駅前金融業者殺害事件』です」

五代の言葉に村松は神妙な顔つきで頷いた。

「そうらしいですな。東京に住んでおられましたか。私も一度や二度は会っとると思うんですが、顔は出てきません」

「果たして我々が捜査している事件に関係しているかどうかは不明なのですが、とにかくどんな事件だったかを把握しておこうと思い、こうしてお伺いした次第です」

村松は満足そうに、うんうん、と首を縦に動かした。

「そういうことでしたら、自分でいうのも何ですが、私は適任者だと思います。最初から最後まで、最前線で関わっておりましたから。何しろ、現場に最初に駆けつけた一人です。通報者は、まだ遺体のそばに立ったままで、部屋から出てもいなかったですから」

「そうでしたか」五代は目を見張る。それならばたしかに適任者だ。

村松は傍らの紙袋から一冊の古い大学ノートを取り出すと、テーブルに置いてあった眼鏡をかけた。

「あの日のことはよく覚えております。当時私は矢作川《やはぎがわ》のそばに住んでおったのですが、晩飯を食べてたら急に呼びだしがかかりましてね、あわてて現場に駆けつけました。名鉄東岡崎駅のそばにある雑居ビルの二階です。『グリーン商店』なんていう胡散《うさん》臭い看板が掛かった事務所で、背広姿の男性が刺されて死んどりました。床に血の付いた包丁が落ちていましたが、元々事務所に備品として置いてあったものらしく、犯行は計画的なものではなく、何らかの争いの末、衝動的に刺したものと思われました。でまあ、すぐに捜査本部なんかも立って、捜査が進められたんですが、調べてみると被害者の灰谷という男が、ろくなことをしていないことがわかりましてね。こういっちゃあ何ですが、殺されても仕方のないたわけでした」

「どんなことをしていたんですか」

「あなた方はお若いから、あまり御存じではないかもしれませんが、東西商事事件というのを聞いたことがありますか」

「東西商事……ああ、警察学校で習った覚えがあります。大規模な詐欺事件だったとか」

村松は、ゆっくりと大きく頷いた。

「まず客に純金を売りつけます。資産価値がある、必ず値上がりするとかいってね。それ自体は構わんのですが、問題なのは、その現物の純金を客に渡さないところです。現物の代わりに証券なんていう紙切れを渡すんです。で、現物のほうは会社で預かっておくといい張るわけですな。本当にそうなら問題はないんですが、じつはそうじゃありません。会社は純金なんか買わず、客から受け取った金を自分たちの懐に入れておったんです。よくそんなやり方が通用したなと不思議に思われるかもしれませんが、この手口に老人をはじめ、たくさんの人が騙《だま》されました。もちろん、いつまでもごまかせるわけはありません。苦情を訴える人がいっぱい出てきて、会社の悪だくみが全部ばれてしまいました。会社は潰れ、残っていた資産は、被害者たちに返却されることになりました。といっても、微々たる金額だったそうですが」そこまで一気にしゃべったところで村松は茶を啜った。

「その事件が関係していたんですか」五代は訊いた。

「間接的に、です。東西商事という会社は潰れましたが、幹部や社員の中には、東西商事時代に得たノウハウを使って、新たなインチキ商法を始める者が多かったんです。ゴルフ会員権を使ったもの、パラジウムの先物取引、二束三文の宝石を高額で買わせる――とにかくありとあらゆる手を使って客を騙して金を集めるわけです。で、最後は逃げるか会社を計画倒産させる。そのたびに犠牲になるのはお年寄りでした。特に独り暮らしのお年寄りが狙われましたな。片っ端から電話をかけて、独り暮らしだとわかると、あの手この手で騙したわけです。銀行預金が多すぎると年金が減額されるから投資に回したほうがいいとか、でたらめをいったりしてね。まさに人間のクズですが、こんな連中に取り入って分け前を得ようとする、ハイエナのような真似をしていたのが被害者の灰谷昭造でした」

ようやく事件に繋がるようだ。五代は少し身を乗り出した。

「今もいったように悪徳商法の連中は、いつも獲物を探しとりました。灰谷はそんな連中に近づき、騙せそうな人間を紹介しておったのです。かつて生命保険会社にいたことがあったとかで、退職時に勝手に持ち出した顧客名簿が情報源でした。年齢も収入も貯蓄額も、場合によっては家族構成も把握しとるわけです。悪徳商法を企んどる人間にしてみたら、じつに都合のいい男です。灰谷は、そういう会社のセールスマンと一緒に狙いをつけたお年寄りのところへ行って、すでに加入している生命保険のアフターサービスのような顔をして、セールスマンを紹介しとりました。お年寄りとしては、自分が入っている保険と繋がりがあると思うから、ころりと騙されるわけですな。しかも灰谷という男、じつに口がうまかったようです。時々手土産を持ってきてくれたりするものだから、寂しいお年寄りにしてみれば、家族のように気を許したくなるんだとか」

村松の話を聞き、たしかに殺されても仕方のない人間だったようだ、と五代は思った。

「刺された動機、察しがつきますね」

「その通りです。捜査方針も、灰谷に騙された被害者を当たることが中心になりました。ところが調べてみると、意外にも事件が起きた時点では、騙されたと自覚していた人は案外少なかったんです。中にはまだ信じたままで、灰谷が死んだと聞き、あんな良い人がどうしてそんなことにといって泣いた婆さんもいたそうです」

五代の隣で中町が、それはすごい、と呟いた。灰谷の詐欺師としてのテクニックに対する感想をいったのだろう。

「そんな中、捜査線上に浮かんできたのが福間淳二という人物です。豊川で電器店を営んでおり、灰谷の紹介でパラジウムの先物取引に手を出しとりました。四十四歳と被害者の中では若いほうですが、下手に電気なんかの知識があったのがよくなかった。自分なりにちょっと勉強して、本当にパラジウムが有望な金属だと思ってしまったらしいです。ところが先物取引については全くの素人。一番高い時に買わされて、一番安い時に勝手に売られるの繰り返しで、瞬く間に財産が底を突きました。その間業者は何をしておったかというと、福間が買った時に売り、売った時に買っておったのです。福間と逆で、一番安い時に買い、一番高い時に売ったのだから丸儲けです。福間の金が、そっくり業者に渡ったことになる」

「それはまたあくどい」五代は顔をしかめた。「でもどうして取引を続けたんでしょう」

「業者が元本《がんぽん》は保証するといっておったからです。だからたとえ儲からなくても、自分が出したお金は戻ってくると福間は思っておったんでしょう。ところが業者が行方をくらましたんです。そこに至って福間は騙されたことに気づき、灰谷に抗議したわけです。どうせあんたも仲間だろうから損した分を返せ、と。もちろん灰谷が首を縦に振るわけがありません。うちは紹介しただけだ、何も知らん、の一点張りですわな。灰谷は電話番に自分の甥《おい》を使っておったのですが、その甥によれば、福間は何度も事務所に来たそうです」村松は眼鏡を触りながらノートに目を落とした。「事件当日も福間の姿が目撃されています。通報より三十分ほど前に、ビルの階段で蕎麦《そば》屋の出前持ちとすれ違っているんです。当然、任意出頭を求めることになりました」

「福間は犯行を認めたんですか」

村松は口をへの字にして首を振った。

「事務所に行って、灰谷と会ったことは認めました。けど、刺したのは自分じゃないといったんです。自分は殴っただけだと」

えっ、と五代は聞き直した。「殴ったんですか」

「殴ったそうです。それは認めると。それを聞いた途端、傷害で逮捕ということになりました。実際、遺体の顔面には内出血があり、犯人に殴られたのだろうと推察されていましたから」

そういうことだったか、と五代は納得した。それならば別件逮捕とはいえないだろう。

「その瞬間から、福間の身柄は拘束されたわけですね」

「そうです。傷害で送検した後、取り調べが行われました」

「村松さんが取り調べに当たったのですか」

「違います。福間を取り調べたのは、県警本部から来ていた警部補と巡査部長です。名前はたしか……」村松はノートを確認し、山下《やました》警部補と吉岡《よしおか》巡査部長だといった。「厳しい取り調べをすることで有名なコンビでした。殴ったけれど刺してはいない、なんてややこしいことをいう奴は、脅してでも吐かせるのが一番となったわけです。だから山下さんたちが取り調べを担当すると聞いた時には、妥当だと我々も思いました。あのコンビならすぐに片付けられるだろうと期待しとりました。乱暴だという意見もあるでしょうが、あの頃の捜査とは、そういうものだったんですわ」

取り調べの話になると、途端に村松の歯切れが悪くなった。

「村松さんは取り調べに立ち会うこともなかったのですか」

「ありません。ただ、記録係をしていた者から中の様子を聞いたことはあります。取り調べているのは主に吉岡さんで、すごい剣幕で問い詰めるものだから、福間はすっかり怯《おび》えきっていたようです。山下さんはそんな吉岡さんを窘《たしな》め、福間に少し優しい言葉をかけたりしつつ、早く白状しないともっと過酷な目に遭わせるようなことを仄《ほの》めかすんだそうです。あれだけやられちゃ、そんなに長くは保《も》たないだろう、近いうちに自供するだろうって記録係はいってました。ところが……」村松は太いため息をついた。「あんなことになるとは夢にも思いませんでした」

「首を吊ったと聞きましたが」

「そうです。脱いだ服を細長く丸めて、窓の鉄格子に掛けて吊ったんです」村松は湯飲み茶碗を手にしたが、どうやらすでに飲み干していたらしく、中を覗いてからテーブルに戻した。「以上が、あの事件のあらましです。留置場の管理に手落ちがあったのはたしかですが、捜査という面では、特に落ち度はなかったと思います」

五代は頷く。話を聞いたかぎりでは、村松のいう通りだと思った。被疑者死亡のまま送検され、不起訴になったという結末にも納得がいく。

村松は離れたところに座っている妻を呼び、茶を淹れるよう命じてから五代のほうを向いた。「事件について、ほかに何かお訊きになりたいことはありますか?」

五代は背筋を伸ばした。

「事件の関係者に、倉木という人物はいませんでしたか。倉木達郎というんですが」

くらき、と口に出してから村松は首を捻った。

「さあ、どうでしょう。何しろ三十年以上も前だし、その間にもいろんな人間に会ってきとりますからねえ、関係者の名前をいちいち覚えてたら頭がパンクします。少なくともあの事件の重要人物の中に、その名前はなかったと思います」

村松は紙袋の中から一冊のファイルを引き出した。すると何かが一緒に出てきて床に落ちた。小さな黒革の手帳だった。村松はそれを紙袋に戻してから、ファイルを五代に差し出してきた。

「灰谷が悪徳商法の連中に紹介した人々のリストです。中には怪しげな壺を買わされた人や、マルチ商法に引っ掛かった人もいます。インチキ商法のデパートですよ」

五代はファイルを受け取り、中町に渡した。「倉木の名前がないかどうか調べてくれ」

「わかりました」

中町がファイルを開くのを見てから、五代は紙袋に視線を戻した。

「先程の手帳は現場で使っておられたものですか」

これですか、と村松が手帳を手に取った。「そうです。現場に持っていってました」

「拝見していいですか」

「どうぞ、どうぞ。当時、この手帳をたくさん買い置きしていて、事件が起きるたびに新しいのを持っていってたんです」

「なるほど、それは合理的ですね」

五代は古い手帳を開いた。最初のページには、『5／15　7時55分現着　矢作川ビル2

階　グリーン商店　ガイ　灰谷昭造』と記されていた。ガイは被害者の略だろう。かなり乱れた字だが、辛うじて読める。夕食の途中で駆けつけた緊迫感が伝わってくる。

次のページには、『坂野雅彦　妹の子　電話番』などと書かれ、そこから先は一層字が乱れて読みにくい。

「これ、どんなことが書いてあるんでしょうか」

「どこですか。いやあ、字が汚くてすみません。どれどれ、ちょっと見せてください」

五代が村松に手帳を渡すと、中町が横からファイルを返してきた。「このリストの中には倉木の名前はありませんでした」

「そうか」

そうだろうな、と思った。村松の話によれば、被害者は主に老人だ。当時三十歳そこそこだった倉木が狙われる可能性は低い。

「これは灰谷の甥から聞き取ったものですわ」村松がいった。「さっきもいったでしょ。灰谷は妹の息子を電話番に雇ってたんですよ。坂野《さかの》雅彦《まさひこ》と書いてあるのがそうです。私らが現場に駆けつけたら待っていたので、その場で大体のことを聞いたというわけです。ええと、公衆電話で通報後はビルの外にいた、と書いてありますな」

「えっ？」五代は村松の顔を見た。「先程、通報者は遺体のそばにいて、部屋から出てもいなかった、とおっしゃいませんでしたか」

「いいました。私の記憶ではそうなっとるんですよ。あれっ、おかしいな」村松は自分の古い手帳をめくり始めた。やがて、ああそうだ、と大きな声を出した。「思い出した。すみません。勘違いしとりました。二人おったんです」

「二人？」

「遺体発見者です。一人が通報した甥で、もう一人は部屋にいた人物です。ええと、甥の話によれば、運転手らしいですな」

「運転手？　タクシーのですか」

「そうではないです。ああ、ここに書いてありますな」村松が手帳から少し顔を遠ざける。老眼鏡をかけていても読みづらいようだ。「事故をした男性、詫びに送り迎え、か。ああ、なんかそんな話があったなあ」

「何ですか」

「はっきりとは覚えていないんですが、大した話じゃないです。交通事故で灰谷のほうが軽い怪我をしたんですよ。それで怪我が完治するまで、相手の男性が灰谷の運転手を務めていたということです。灰谷の甥は、その男性と一緒に部屋へ行って、遺体を見つけたというわけです。その男性については一度も問題にならなかったから、かなり早い段階で容疑の対象から外れたんだと思いますよ」そういいながら村松は手帳をぱらぱらとめくっていたが、突然その手をぴたりと止め、あっと声を漏らした。

「どうしました？」

村松は眼鏡の奥の目を大きく開き、手帳を開いて持ったまま腕を五代のほうに伸ばし、さらにもう一方の手で、ページの一部を指差した。

五代は腰を浮かせ、手帳を覗き込んだ。

いくつかの単語や短い文が、乱雑に書き殴られている。どれも読みにくいが、村松が示している字はカタカナで、比較的読みやすかった。

『クラキ』とあった。

9

村松の家を出ると、再び片瀬に名古屋駅まで送ってもらうことになった。今度は中町に助手席に座ってもらい、五代は特捜本部に電話をかけた。

「今、こっちからかけようと思っていたところだ」桜川がいった。「だけどまずはそっちの首尾を聞こうか。声に気合いが入っているみたいだな。何か摑んだか」

「驚きの事実を」

五代は村松の家で得た情報を桜川に伝えた。

「それはたしかに驚きだ。あの事件に倉木が絡んでたとはな」

「村松さんの手帳に記されていただけでなく、保管されていた資料を片っ端から調べたところ、指紋採取の同意書の写しってやつが出てきました。倉木達郎と自筆で書かれていました。間違いありません」

「これであの小料理屋と繫がったな。ふうん、パズルが解ける時ってのは、こういうものなんだな。次から次へとカードが裏返る」

「そちらでも何かあったんですか」

「あったなんてもんじゃない。防犯カメラを調べてた連中が金星だ。十月六日、白石さんは東京駅のそばにある喫茶店に入っている。その店の入り口に設置された防犯カメラに、白石さんに続いて、二分遅れて入ってきた人物が映っている。それが誰か、いわなくてもわかるな」

「倉木ですね」

「そういうことだ。すぐに倉木のところへ行って、問い質《ただ》すんだ。筒井たちも応援に向かわせた。地元の警察にはこちらから連絡を入れておくから、場合によっては倉木をそこに任意同行させてもいい」

「倉木の自宅に行く前に、所在を確認しなくていいですか」

「しなくていい。東京から再び刑事が来るとなれば、余程のことだと思うだろう。もし倉木が事件に関与しているなら、逃走するおそれがある。君たちのいる場所から倉木の自宅までは目と鼻の先だろ。無駄足になったところでどうということはない」

「おっしゃる通りです。予告せず、向かいます」

電話を切り、中町に桜川とのやりとりを話した。

「いよいよ何かが動きだした感じですね」中町が目を輝かせる。

「応援を寄越すのは、倉木が逃げないように家を見張るためだろう。係長、倉木を本ボシと睨《にら》んだようだな」

いいですねえ、と運転席で片瀬がいった。「何だか私までわくわくします。がんばってください」

　ありがとうございます、と五代は答えた。

　名古屋駅に着くと礼をいって片瀬とは別れ、新幹線『こだま号』の上りに乗った。

「それにしてもわからないな。三十年以上も前の事件が、今度の事件にどう絡んでくるんだ」自由席のシートで五代は腕組みをした。

「あれも気になりませんか。たしかに倉木は昔の事件の関係者ではありましたけど、捜査陣にとってさほど重要な人物ではなかったみたいです。映画でいえばエキストラです。その程度の関わりなのに、未だに引きずるなんてことがあるんでしょうか」

「わからんな。何もわからない」五代は肩をすくめた。

　三河安城駅に着くと、タクシー乗り場に向かった。二度目だから慣れたものだ。タクシーの運転手には、ササメのほうへ、と指示した。

　倉木の家の前でタクシーから降りた。深呼吸を一つしてから門に近づき、インターホンのボタンを押した。だがしばらく待っても反応がない。留守だろうか。五代は中町と顔を見合わせた。

　その時だった。「まだ何かありましたか」と背後から声をかけられた。振り向くと倉木が立っていた。紙袋を提げている。

「どうしても確認したいことがありまして」五代はいった。

「そうですか。それならまあ、どうぞ。何のお構いもできませんが」倉木はポケットから鍵を出し、近づいてきた。

家に入ると、前回と同じ部屋に通された。倉木は、「少し待っていてください」といって紙袋から生花を出すと、仏壇に飾り、最後に手を合わせた。その背中は、やけに小さく感じられた。

失礼しました、といって倉木が五代たちの向かいに腰を下ろした。

「仏壇には定期的に花を？」五代は訊いた。

「気が向いた時だけです。今日は何となくそういう気になりましてね」倉木は薄く笑った。心なしか前回よりも弱々しく見える。「それで、確認したいことというのは何でしょうか」

「前回の上京のことです。十月五日に上京し、翌日にお帰りになったということでした。目的は何だったんですか」

「それは前回お話ししたはずです。息子の顔を見たくなった、と」

「息子さんの顔だけですか」

「どういう意味です？」

「十月六日の夕方、あなたは東京駅の近くにある喫茶店に入りましたね」

倉木の頬が強張るのがわかった。返答に詰まっている。

「なぜそんなことがわかるのか、と不思議に思っておられるようですね。まあ、無理もない話です」五代は相手の表情を観察しながら続けた。「詳しい説明は省きます。要するに東京という街は、今や防犯カメラだらけだということなんです。飲食店やコンビニが防犯カメラを設置するのは自己防衛の観点から当然ですが、街中でも監視カメラがいたるところに設置してあります。かつて公衆電話は悪だくみをする連中にとって都合のいい道具でした。ところが今や警察にとって心強い味方です。犯人が公衆電話を使ったとわかれば、東京中の公衆電話付近の映像が解析されます。公衆電話の付近には必ずといっていいほどカメラが設置されていて、利用者の姿が捉えられるようにしてあるからです。そんな監視社会の網の目に、あなたも引っ掛かったというわけです。ついでにいえば、あなたがその店で会った人物の姿も、しっかりと映像に残っています。いうまでもありませんね。白石弁護士です」

倉木は無言だった。目は宙の一点を見つめているようだ。放心しているわけでないことは、目の色を見れば明らかだった。何かと葛藤《かっとう》しているのではないか、と五代は思った。

「前回あなたは、白石弁護士とは電話で話しただけで会ったことはないとお答えになりました。電話をかけた理由も、無料相談があったから、というものでした。しかし実際には数日後に上京し、白石弁護士に会っている。これはどういうことでしょうか。説明していただけますか」

倉木はやはり何もいわず、固まったように動かなかった。

五代は倉木と目を合わせる位置に移動した。「浅羽洋子さんと織恵さんに会いましたよ」

倉木の瞼《まぶた》がかすかに動いた。

「洋子さんが、あなたに富岡八幡宮のお札をあげたことを話してくれました。それなのにどうしてあなたは、そのことを忘れたなんていうのですか。忘れるわけがないでしょう」

倉木は瞼を閉じた。これではさすがに五代も目を合わせられない。

「なぜ、あなたは『あすなろ』に行くんですか。そのことを息子さんにさえも隠している理由は何ですか。それだけじゃない。あなたは浅羽さん母娘にさえも隠し事をしていますね。自分が、三十数年前に起きた『東岡崎駅前金融業者殺害事件』で遺体の第一発見者だったことを隠していますね。それはなぜですか」

倉木が目を開け、ゆっくりと立ち上がった。仏壇の前まで移動し、先程と同じように合掌した。

「倉木さん……」

「もういいです」

「えっ？」

倉木が五代たちのほうを向いた。五代は、はっとした。先程までとは比べものにならないほど穏やかな顔をしていたからだ。

「すべて、私がやりました。すべての事件の犯人は私です」

「すべてって……それはもしかすると」

はい、と倉木は頷いた。

「白石さんを殺したのは私です。そして灰谷昭造を刺し殺したのも私です」

10

今から三十三年前のことです。私は愛知県にある部品製造会社に勤務しておりました。まだ自分の家は持っておらず、国鉄岡崎駅の近くにあるアパートから会社まで車で通っていました。そうですね、当時はまだ国鉄といいました。JRではなく。

その通勤の途中、自転車と接触事故を起こし、相手に怪我を負わせてしまいました。その相手というのが灰谷昭造です。

怪我といっても大したものではなかったのです。しかし灰谷は狡猾《こうかつ》で、陰湿な男でした。こちらが平身低頭で謝っていることにつけ込み、あれやこれやと無理な要求をしてくるのです。治療費を私が払うのは当たり前だと思いましたが、それにしても法外な金額でした。おまけに私に事務所への送り迎えを命じたりもするのです。

ついに堪忍袋の緒が切れたのが、あの夜でした。壊れた自転車の修理代を請求されたのですが、それがまたあり得ない金額だったのです。新しいものを買ったほうがまし、という数字を見せられ、頭に血が上りました。こんなものは払えないといいました。すると灰谷は、だったら事故のことを会社にばらすといったのです。

じつは私は事故を起こしたことを会社には黙っていました。というのは私の会社は大手自動車メーカーの子会社であり、社員の交通事故にはとても敏感で、一度でも事故を起こせば退職するまで査定に影響するといわれていたからです。

こんな男にこの先もつきまとわれたらたまらないと思い、事務所の台所にあった包丁を手にしました。本気で殺す気はありません。脅すだけのつもりでした。しかし灰谷は動じません。刺せるものなら刺してみろ、とせせら笑ったのです。その顔を見て、私の理性は吹っ飛びました。気づいた時、灰谷は倒れていました。私の手には血みどろの包丁が握られていました。灰谷は死んでいるようでした。

大変なことをしてしまったと思いました。とにかく一刻も早く立ち去らねばと思い、包丁の指紋などを拭き取った後、部屋を出ました。そして自分の車に乗り込んだ直後のことです。灰谷の事務所の電話番をしていた若者が帰ってくるのが見えました。私は、さもたった今到着したばかりだという顔で車から降り、電話番の若者と事務所に向かいました。こうして彼と共に、死体の第一発見者となったのです。

もちろん私も事情聴取を受けました。でも容疑者とするほどの根拠を警察は摑めなかったようです。拘束されることも、何度も呼びだされることもありませんでした。

そうこうするうちに意外な展開になりました。犯人が逮捕されたのです。福間淳二という男性で、灰谷とは金銭トラブルが原因で揉めていたということでした。

正直に告白すれば、助かったと思いました。何とかこれで決着してくれないかと願いました。福間さん本人は否定しているに決まっているわけですが、警察が耳を傾けない可能性はあります。

結果的に私の願いは叶いました。御承知の通り、福間さんが自殺し、それによって警察は以後の捜査をやめてしまったのです。

その日から、私は大きな十字架を背負って生きていくことになりました。何の罪もない男性の人生を奪ってしまったという自責の念が、いつも頭の片隅に、いえ、ど真ん中にありました。申し訳ない気持ちでいっぱいでした。しかし自ら警察に出頭する勇気は出ませんでした。刑務所に入るのが怖かったこともありますが、妻と生まれたばかりの息子のことを思うと、とても名乗り出られなかったのです。彼等を犯罪者の家族にはしたくありませんでした。

それがとんでもなく間違った考えだと気づいたのは、それから数年後です。世はバブル景気真っ盛りで、多くの人々が株や不動産取引などで利益を上げていました。

そんな頃、仕事の関係で豊川市に行きました。たまたま入った食堂で、同僚と投資の話などをしていたところ、店の女将さんが思わぬことをいいました。その町にかつてあった電器店の話です。その電器店の主人は何年か前、インチキな投資話に騙されて財産を失ったというのです。それだけではありません。投資話を仲介した人間に抗議に行った挙げ句、逆上して刺し殺してしまった、とのことでした。しかも逮捕された後、留置場で自殺したというではありませんか。

私は女将さんに、電器店の名前を訊きました。たしかフクマ電器店といった、という答えを聞き、震えました。あの福間さんに違いありません。

しかしもっと衝撃的だったのは、その後です。女将さんによれば、福間さんの奥さんは小さな娘さんを連れて、ひっそりと町を出ていったというのです。専門知識のない奥さんに電器店の経営が難しいことはいうまでもありませんが、やはり世間からの風当たりが強かったのだろう、と食堂の女将さんはいいました。殺人者の家族ということで、かなり悪質な嫌がらせを受けたらしいのです。

目眩《めまい》がしました。私は自分の家族を守った気でいましたが、代わりに別の家族を不幸にしていたのです。到底許されるものではありません。

それでも私はまだ決断できないでいました。自分と自分の家族を守ることを優先してしまったのです。今さら真実を述べたところで仕方がない、と自分を納得させました。

それからさらに時が流れ、一九九九年の五月、事件は時効を迎えました。嬉しい気持ちなど微塵もありません。改めて罪深さを嚙みしめただけです。ちょうどその頃、妻が白血病で倒れました。数年後に妻が逝った時、私は天罰だと思いました。神様は私に刑を与える代わりに、妻の命を奪ったのです。

私は探偵を雇うことにしました。まずは福間さんの家族が今どこで何をしているかを調べてみようと思ったのです。探偵社は電話帳で探しました。どういう名称だったかは覚えていませんが、なかなか誠実な対応をするところでした。依頼してから一週間ほどで調べあげてきましたが、法外な金額を請求されることはありませんでした。

報告書によれば、福間さんの奥さんと娘さんは、奥さんの旧姓である浅羽を名乗っているそうでした。東京の門前仲町という土地で小料理屋を始めたらしく、高校を卒業した娘さんも店を手伝っている、と書かれていました。隠し撮りした写真には、母娘で自宅を出るところが写っていました。年齢は違うのですが、姉妹のように顔や雰囲気が似ていました。

私は安堵しました。母娘が路頭に迷っていたりしたらどうしよう、と不安でたまらなかったからです。もちろん浅羽さんたちが今の生活を手に入れるまでには、想像を絶する苦労があったに違いないのですが。

一度様子を見に行ってみようか。いや、今さら自分が行ったところで意味がない。真実を告白して謝罪したとしても、どうせ時効を過ぎたからだろう、と不快に思われるだけだ。自己満足だと罵倒されるだけだ――。

あれこれ迷った末、またしても私は行動しないままでした。

そしてさらに十年ほど経ち、私にも定年退職の時が訪れました。これを機に何かしよう、と考えた時、真っ先に思い浮かんだのが福間さん、いえ浅羽さん母娘のことです。二人がどうしているか、どうしてもこの目で確かめたくなりました。

東京の大学に入った息子が、そのまま東京で就職していました。息子に会いに行くという口実を作って上京し、東京見物と称して一人で門前仲町に向かいました。

心配なのは店が存続しているかどうかでしたが、『あすなろ』は健在でした。二人と顔を合わせても決して動揺しない、おかしなことを口走らない、と自分にいい聞かせてから店に入っていきました。

中にいたのは二人の女性でした。それなりに歳を重ねていましたが、報告書の写真に写っていた浅羽母娘に間違いありませんでした。私は何かがこみ上げてくるのを堪《こら》えるのに苦労しました。それは、長い間会いたかった人たちにようやく会えたという歓びのようであり、ただひたすら申し訳ないという思いのようであり、今日まで二人が無事に暮らしてこられたことを天に感謝する思いのようでもありました。

洋子さんも織恵さんも、私の正体に気づくはずもなく、とても愛想よくしてくれました。出された料理はどれも美味しく、十数年間やってこられたのも当然だと納得しました。実際、その日も次から次に新しいお客さんが来て、二人は忙しくしていました。

帰る際、見送ってくれた織恵さんに、またどうぞ、といわれ、近いうちに来ます、と答えてしまいました。不謹慎なことに、私はすっかり楽しんでいたのです。

そしてそれから二か月も経たないうちに、本当に私は『あすなろ』に再訪しました。二人は覚えてくれていて、私は笑顔の歓待を受けました。良心の呵責《かしやく》は消えませんが、嬉しかったのは事実です。

このようにして何度か足を運ぶうち、私はすっかり馴染み客になっていました。二、三か月に一度程度で常連顔をするのも厚かましい話ですが、遠路はるばるやってくるということで、浅羽さんたちも特別扱いしてくれるようでした。

そこまでにしておけば、と悔やまれます。

彼女たちは彼女たちなりに幸せを摑んでいるようです。ならば私は余計なことをせず、二人をそっと見守り続けるべきだったと思います。

しかし彼女たちと親密になればなるほど、自分に何かできることはないか、贖罪《しょくざい》としてしてやれることはないかと考えるようになりました。

白石健介さんと出会ったのは、そんな頃です。

今年の三月末だったと思います。私は東京ドームに行きました。巨人中日戦のチケットを息子がくれたからです。内野スタンドの、なかなか良い席でした。

試合が始まってすぐ、ちょっとしたアクシデントが起きました。隣にいた男性がビールの売り子に千円札を渡そうとして、誤って落としてしまったのです。運の悪いことに、先に私が買っていたビールの紙コップに千円札が飛び込んでしまいました。男性は平謝りし、新たに私の分のビールも買ってくれました。

それをきっかけに言葉を交わしました。向こうも一人だったのです。

観戦しながら野球の話をするのは楽しいものです。聞けば、相手の男性も中日ファンだというではありませんか。てっきり愛知県出身なのかと思いましたが、生まれも育ちも東京ですと否定されました。元々はアンチ巨人で、巨人のV10を阻止したのが中日だったことからファンになったそうです。

試合が終わったのは九時前でした。助かったと思いました。十時の新幹線に乗らなければ帰れなかったからです。

ところが席を立った時、大変なことに気づきました。ズボンのポケットに入れてあったはずの財布がないのです。はっとしました。試合の途中に一度だけトイレへ行き、個室を使ったことを思い出しました。その時に落としたに違いありません。

あわててトイレに行きました。白石さんも一緒についてきてくれました。ところがトイレにはありませんでした。そこで総合案内所に行ってみましたが、届けられてはいません。私は途方に暮れてしまいました。新幹線の時刻が迫っているのに、切符さえ買えないのです。間の悪いことに、この日息子は出張で東京にはいないのでした。

すると白石さんが財布から二万円を出し、どうぞ使ってください、というのです。驚きました。初対面だし、野球の話ばかりしていて、自己紹介もしていなかったからです。

白石さんは名刺を出し、現金書留で送ってくれたらいいといいました。それを見て私は初めて、あの人が弁護士だと知ったのです。

辞退する余裕などなく、私はお金を受け取ると、お礼もそこそこにその場を離れました。世の中には親切な人がいるものだと東京駅に向かうタクシーの中で思いました。

安城に帰ると、翌日には礼状を添えてお金を郵送しました。すると三日ほどして、白石さんから手紙が来ました。無事にお金が届いたことと、法律について何かあれば相談に乗るので遠慮なく連絡してほしい、ということが書かれていました。

それからしばらく白石さんのことは忘れていました。思い出すのは、秋になってからです。テレビで『敬老の日』に関する番組を見ていたら、遺産相続と遺言について特集していました。それを見て、閃《ひらめ》きました。浅羽さんたちに詫びる方法としては、これが一番良いのではないかと思いました。つまり私が死んだ時、全財産を彼女たちに譲ろうと考えたわけです。

問題は、そんなことが可能かどうかでした。可能だとしても、どんな手順を踏めばいいのか、さっぱりわかりません。

そこで思い出したのが白石さんのことです。あの人に相談してみよう、と思い立ちました。

電話をかけたのは十月二日です。相談したいことがあるので会ってもらえないだろうかというと、即座に快諾が得られました。

お調べになった通り六日に白石さんと会いました。東京駅のそばにある喫茶店を指定したのは白石さんです。久しぶりに会い、財布を落とした時の礼などを述べてから、本題に入りました。

血の繋がりのない他人に遺産を譲ることは可能か。白石さんの答えはイエスでした。法的に有効な遺言状を残せば、それは叶えられる。ただし全財産を譲れるかどうかは法定相続人の意思にかかっている、とのことでした。私の法定相続人は息子の和真です。そういう遺言状を残しても彼には最大で二分の一を相続する権利があるそうです。だから彼を納得させられれば、全財産かそれに近い額を浅羽さんたちに残すことは可能なわけです。

そんな話をした後で白石さんは、あなたが遺産を譲ろうとしている相手は、あなたのその考えを承知しているのかと私に訊いてきました。承知していないと答えると、ではなぜそのようにするのかを遺言状に書き残したほうがいいのではないかといいました。

その理由が納得のいくものであれば、息子さんが遺留分を放棄する可能性が高まるのでは、というわけです。

たった一度会っただけにも拘わらず、白石さんは親切でした。なぜ私が赤の他人に遺産を譲ろうとするのか、関心がないはずはないのに尋ねてはきませんでした。すると不思議なもので、私はすべての事情を話したくなりました。そのほうが遺言状をどう書けばいいのか指南してもらいやすいと思ったこともあります。しかし何より、今の自分の気持ちをわかってくれる相手を欲していたのかもしれません。東京ドームでの出来事もあり、白石さんが信頼に足る人物であることは明白です。

打ち明けたいことがあると前置きし、私はこれまでの経緯を白石さんに話しました。白石さんはさすがに驚かれた模様でした。表情が硬くなっていくのがわかりました。

事情はよくわかったし、遺産を譲りたい気持ちも理解できる、と白石さんはいいました。喜んでその手伝いをさせてもらうともいってくれました。

ただ、そのやり方には賛成できない、というのが白石さんの言い分でした。本当に詫びる気があるのなら、死んでからではなく、生きているうちにそれをすべきではないか、というのです。

そんなふうにいわれることを予想していなかったので、私は当惑しました。白石さんがいっていることは正論ですが、それができないから遺産の譲渡という方法を思いついたのです。ところが白石さんは納得しません。それでは詫びたことにはならない、あなたは逃げているというのです。話しているうちに興奮してきたのか、かなり口調がきつくなっていました。

私は白石さんに相談したこと、秘密を打ち明けたことを後悔しました。この話は聞かなかったことにしてくれといって席を立ちました。

安城の自宅に帰ってからも、私の心は落ち着きません。白石さんが何かするのではないかと気が気でなかったのです。『あすなろ』のことも話してしまっていたからです。

やがて白石さんから一通の手紙が届きました。そこには、何としてでも浅羽さんたちに詫びるべきだという考えが、長々と記されておりました。そのためには自分も力になる、何なら同席してもいい、と添えられております。

使命感と正義感に溢《あふ》れた、熱い文章でした。しかしその熱さが私には恐ろしく感じられました。放っておけばこの人は浅羽さん母娘にすべてをばらすのではないか、と思うようになったのです。その恐怖心は日に日に大きくなっていきました。

私から何の回答も返さずにいると、数日後に二通目の手紙が届きました。一通目と同様の内容ですが、私を責めるような言葉が増えていました。現在殺人罪に時効がなくなったように、あなたの罪が消えたわけではない、弁護士は被疑者の権利を守るのが仕事だが、罪をごまかすことには手を貸せない、そんなことをするぐらいなら、むしろ罪を明るみに出す道を選ぶ、とまで書かれていました。

私は焦りました。これはきっと最後通牒《つうちょう》だと受け止めました。私が黙っているのなら、白石さんは浅羽さん母娘に真相を語る気なのです。

何としてでもやめさせねば、と思いました。あの母娘と過ごす時間は、今や私の生き甲斐でもあったからです。真実を伝えるのは自分が死んだ後——その考えが白石さんのいうように「逃げ」であることはわかっています。それでも私は唯一の宝物を失いたくなかったのです。

十月三十一日、私は重大な決心をして東京行きの新幹線に乗りました。車中では、これから自分のすべきことを何度も反芻《はんすう》し、どこかに落ち度がないか確認していました。そうです。この時点で私は、白石さんには死んでもらうしかないと考えていたのです。懐にはナイフを潜ませていました。

東京駅に着いたのは午後五時頃です。私は白石さんの携帯電話にかけました。白石さんが出ると、東京に来ているのでこれから会えないだろうか、と訊いてみました。いくつか仕事が残っているが六時半以降なら大丈夫だとの答えが返ってきましたので、六時四十分頃に門前仲町で会うことにしました。白石さんは何度か車で行っており、その際には富岡八幡宮の横にあるコインパーキングを利用したらしいので、そこに車を止めて待っていてくれといいました。

約束の時刻までの間、私は門前仲町付近を歩き回りました。人気《ひとけ》のない場所を見つけるためです。午後六時前後ですから町中は賑わっています。私は隅田川に向かって歩きました。高速道路の高架下あたりからは極端に人の姿が少なくなります。

こうして隅田川沿いの工事現場を見つけました。業者が車を止めるスペースが空いています。さらに都合がいいことに、近くにある清洲橋の脇の階段から下りた隅田川テラスという遊歩道が、工事で行き止まりになっていました。そのせいでしょう。人気は全くありませんでした。

ここにしよう、と私は決めました。

六時四十分を少し過ぎた頃、私は再び白石さんに電話をかけました。すでに富岡八幡宮隣のコインパーキングにいるということでした。私は散歩しているうちに迷ってしまったので、清洲橋のそばまで来てくれるようにいいました。

間もなく、白石さんが車で現れました。工事現場にいる私に気づいたらしく、すぐそばに車を止め、降りてきました。

少し話をしたいといって、私は隅田川テラスへの階段を下りていきました。白石さんはついてきましたが、さすがに訝しんだようです。こんなところで何をするのか、浅羽さんたちのところへ行くのではないのか、と責めるように訊いてきました。その尖《とが》った口調が、私の決断を誘発しました。

周囲に目を走らせました。やはり人気は全くありません。今がチャンスだと思い、隠し持ったナイフで白石さんの腹を刺しました。

白石さんは少し抵抗しましたが、すぐに動かなくなりました。遺体をどうするか迷い、車まで運ぶことにしました。少しでも門前仲町とは無関係の場所で見つかったほうがいいと思ったからです。

遺体を車の後部座席に乗せた後、運転席に乗り込み、車を移動させることにしました。とはいえ慣れない土地で、どこに車を放置していいかさっぱりわかりません。結局、二十分ほど走ったところで路上駐車し、携帯電話だけを奪って逃げました。そこが港区海岸という地名だということは後で知りました。

すべてうまくいった、これでまた浅羽母娘と今まで通り会える、と思うと同時に、深いやるせなさが心に棲みつきました。

またしても人を殺《あや》めてしまった。しかも何の罪もない人を。

振り返れば、後悔することばかりです。三十数年前から私は何ら変わっておりません。自分で自分が嫌になります。

白石さん、そして浅羽さんたちには、本当に申し訳ないことをしました。いえ、灰谷さんや福間さんにも、あの世で謝らねばなりません。

死刑になるのが当然だと思います。

II

グラスを合わせた拍子に泡がテーブルにこぼれた。構わずにビールを喉に流し込む。格別の味がした。

「やっぱり事件が解決した後に飲む酒は最高ですね」中町が声を弾ませる。

「かなりてこずったからな」

「五代さん、大手柄じゃないですか。査定ポイント、稼ぎましたね」

「やめてくれ。そんなものに興味はない。それに俺一人の手柄じゃない。ほかの班の連中もよくやってくれた」

五代は頰杖をつき、カウンターテーブルの内側を眺めた。白い上っ張りを着た男性が、野菜や魚介類、鶏肉などを焼いている。以前中町と入った、炉端焼きの店に来ているのだ。あの時はテーブル席についたが、今夜はカウンターに並んで座った。

倉木達郎が全面自供してから二日が経つ。今は供述内容の裏付けを取っている段階だが、現時点で自供内容との矛盾は見つかっていない。

倉木の話には、五代も圧倒された。

『東岡崎駅前金融業者殺害事件』の真相は意外なものだった。自殺した福間淳二は無実で、浅羽母娘は本来受けなくてもいい差別を受け、中傷にさらされ、人生を変えられてしまったことになる。

しかし倉木の心理も理解できなくはない。村松の話を聞き、灰谷という男には五代も激しい嫌悪感を抱いた。おそらく倉木は相当に屈辱的な思いをしたのだろう。衝動的に刺してしまった、というのもありそうなことだ。問題はその後の行動だが、本来善良な人間でも、すぐには自首に踏み切れず、あれこれ逡巡するのはふつうの心理だ。もう少し時間があれば、倉木の考えも変わっていたかもしれない。ところが、別の人間が逮捕されるという事態が彼の心理に大きな影響を与えた。人間は弱い動物だ。ごまかせるものならごまかしたい、と思ってしまったのは不自然ではない。

むしろ、その後も倉木が自分の過ちを忘れず、浅羽母娘の存在を知ったことで、さらに強い贖罪の意識を持つようになったのは、彼の誠実さ故だろう。

それだけに白石健介との間に起きた出来事は、ひどいボタンの掛け違いとしかいいようがない。倉木の行動は本人が認める通り身勝手で軽率だが、白石健介の対応にも問題があったように思える。

「あの二人、どんなふうに思うでしょうか」中町が、しんみりした口調になった。「浅羽さん母娘です。事件の真相については、まだ教えてないんですよね」

「上からは、まだ黙ってろといわれている」

「でもいつかは教えなきゃいけませんよね」

「ああ、いつかはな」五代の胸に大きな塊が生じた。その嫌な役目は、たぶん自分に回ってくるだろうと覚悟している。

「親しくしていた馴染み客が、じつは夫や父親に罪をなすりつけた張本人だと知ったら、どんな気がしますかね。想像できないんですけど」

中町の問いに五代は答えられない。黙ってグラスを傾けた。

「まあでも、よかったですよ」中町が口調を明るくした。「一時は何の手がかりもなくて、捜査が暗礁に乗り上げかけましたものね。じつはうちの係長がいってたんですよ。このままだと迷宮入りだなって。ところが迷宮入りどころか、大昔の事件の真犯人まで明らかになったんだから、すごいことです。ある意味、あの過去の事件も迷宮入りしていたわけですからね」

焼き銀杏《ぎんなん》を口に運びかけていた五代は、その手を止めた。

迷宮入り、か――。

倉木の供述は多くの疑問に答えてくれるものではあった。しかしひとつだけ、大きな謎を残している。

なぜ倉木は三十数年前に逮捕されなかったのか、なぜ容疑の対象から外れたのか、ということだ。本来、事件の第一発見者は、真っ先に疑われるのがふつうだ。だがそれについては倉木自身も、わからない、と答えるばかりだ。

自分たちは本当に迷宮入りを免れたのだろうか、もしかすると新たな迷宮に引き込まれたのではないか——そんな思いを五代は懸命に振り払った。

12

六階から眺める街の景色は、故郷のそれとは別世界だ。ここでは大小様々なビルが建ち並び、その間を縫うように道路が複雑に交錯している。和真が生まれ育った町には、面積はあるが高さのない建物しかなかった。しかもそれぞれの間隔が広く空いている。最近はあまり帰省していないが、たぶん今でもさほど変わってはいないだろう。あれはあれで完結した、変わる必要のない場所なのだ。

深呼吸を何度かした。景色から想像するほどに空気は埃《ほこり》っぽくない。今の季節にふさわしい冷たい空気が肺と頭を冷やしてくれた。

ガラス戸を閉め、レースのカーテンを引いてから振り返った。金縁眼鏡をかけた四角い顔の中年男性は、数分前と同じ姿勢でダイニングチェアに座っていた。

すみません、といって和真は男性の向かい側に腰を下ろした。

「少し落ち着かれましたか」男性が尋ねてきた。

いや、と和真は首を傾げた。

「どうなんでしょう。何も考えられないっていう感じのままです」

男性は何度か頷いた。「無理もないと思います」

和真は傍らに置いた名刺に視線を落とした。『弁護士　堀部孝弘』とある。目の前にいる人物から受け取ったものだ。

正午より少し前、職場にいた和真のスマートフォンに電話がかかってきた。相手が弁護士だと知り、当惑した。そして次に聞かされた話に愕然《がくぜん》とした。父の達郎が逮捕された、というのだった。しかも殺人容疑だ。

すぐに思い浮かんだことはあった。二週間ほど前、警視庁捜査一課の刑事が和真に会いに来た。達郎が上京した日にちや、その際にどんなふうに過ごしているかなどを訊かれた。殺人事件の捜査らしいが、詳しいことは教えてもらえなかった。

その夜、達郎に電話をして確かめた。達郎の答えはあっさりしたものだった。

「関係ない。おまえは気にしなくていい」

抑揚のない口調で発せられた返事を聞いた時、嫌な予感が胸を掠《かす》めた。しかし、それ以上問い詰めることはしなかった。刑事は、被害者の電話に達郎からの着信が残っていたので事情を調べているだけだ、といっていた。単なる取り越し苦労だと思うことにした。父が殺人事件に関わることなどあり得ないと思った。

堀部《ほりべ》と名乗る弁護士は、詳しい話をしたいので、なるべく人目のない場所で会えないかといってきた。もちろん和真も一刻も早く事情を知りたかったから、すぐに自宅で会うことを提案した。午後の予定をすべてキャンセルし、家族がトラブルに巻き込まれたという理由で会社を早退した。和真の家族は父親だけだと知っている上司は詳細を尋ねてきたが、明日話します、とだけいった。

高円寺にあるマンションに帰る途中、インターネットで記事を検索してみた。倉木達郎の名前を入力すると、間もなく見つかった。それによれば逮捕されたのは三日前らしい。白石という弁護士を殺害した容疑で、動機などは捜査機関によってこれから明らかにされる見込み、とあった。

世界が暗転するような衝撃を受け、手にしていたスマートフォンを落としそうになった。悪夢としか思えなかった。白石という弁護士？　誰だそれは。聞いたこともない。

ここ二、三日は仕事が忙しく、自分に関係がないと思える記事など読んでいる暇がなかった。テレビは持っているが、スイッチを入れない日は多い。それにしても警察は、逮捕したことを犯人の家族に知らせないのだろうか。

そして先程、和真のマンションに堀部がやってきた。手短に挨拶を交わした際、彼が国選弁護人であることを知った。殺人事件の場合、被疑者が希望すれば国選弁護人が選任されるそうだ。

堀部によれば、今朝初めて達郎に会ってきたらしい。達郎は非常に落ち着いていて、健康状態も悪くなさそうに見えたとのことだ。すぐに自分の犯行について淡々と語り始めたそうだが、その中身は理路整然としていて矛盾がなく、そのまま書き写すだけで供述調書として完成するほどだったという。

その内容を堀部は和真に詳しく話してくれた。三十年以上も遡《さかのぼ》ったところから始まったので面食らったが、その時に起きた出来事を聞いてさらに衝撃を受けた。達郎が人を刺し殺していたというのだ。

月日が流れ、事件は公訴時効を迎えた。達郎は冤罪で苦しんだ浅羽という母娘を捜し出し、何とか詫びたいと考えるようになった。やがて自分の遺産を譲ることを思いつき、白石という弁護士に相談したところ、生きているうちに詫びるべきだと諭された。白石は正義感や使命感が強く、このままでは浅羽母娘に真相を明かされると思い、このたびの犯行に及んだ——。

話を聞いている途中から、和真の頭は混乱し始めていた。誰の話なのか、まるでわからなくなることさえあった。何度か話を遮り、「本当に父がそういっているのですか」と尋ねた。そのたびに、「倉木達郎さんが述べた通りに話しています」という答えが堀部から返ってきた。

すべてを聞き終えた後は、言葉を出せなくなっていた。熱でもあるのかと思うほどに頭がぼうっとしていて、思考力が麻痺していた。気がつくと立ち上がってガラス戸を開け、風に当たっていたのだった。

和真は名刺から堀部に視線を戻した。

「それで、今、父はどういう状況なんでしょうか」

堀部は金縁眼鏡に手をかけ、頷いた。

「すでに送検されていて、検察での調べが始まっています。でもまだ警察で裏付け捜査をしている段階で、達郎さん本人に確認すべきこともたくさん残っているので、身柄は引き続き警察署で勾留されている状態です。私も警察の留置場で接見してきました。犯行を認め、全面的に自供しているので、勾留の延長はないでしょう。起訴後は東京拘置所に身柄が移されます」

弁護士の言葉の一つ一つが、現実感を伴うことなく和真の脳裏を通過していった。

ふうーっと息を吐いた。

「僕はどうしたらいいんですか」

「弁護士として御家族にいえるのは、刑がなるべく軽くなるよう協力してください、ということに尽きます。裁判員たちに情状酌量を求めるわけです」

「具体的には何をすれば？」

「それをお話しする前に、あなたに渡しておきたいものがあります」そういって堀部は傍らの鞄から封筒を出してきて、テーブルに置いた。「達郎さんから預かったものです。達郎さんはこれをあなたに渡してほしくて、国選弁護人を希望したといっていました」

封筒には『和真様へ』と書かれていた。

「読んでいいんですか」

もちろん、と堀部は答えた。

和真は封筒を手に取った。封印はされていない。当然、警察が内容を確認しているに違いなかった。

折り畳まれた便箋を広げてみると、丁寧な文字が整然と並んでいた。

『便せんを広げる際の不愉快そうな顔が目に浮かぶ。怒りから破り捨てたくなっているのではないだろうか。実際、破ってもらってかまわない。そのことを嘆く資格が今の自分にないことはよくわかっている。しかし願わくば、破るのは最後まで読み終えてからにしてもらいたい。

このたびのこと、まことに申し訳ない。詫びてすむ話でないことは重々わかっているのだが、ただひたすらあやまるしかない。たぶん和真には相当迷惑がかかっている、あるいはこれからかかるに違いなく、それを考えるだけで胸が痛む。

事件の詳細は弁護士の先生から聞いたと思う。何もかも、大昔にしでかした過ちが発端になっている。今さらこんなことを嘆いても遅いのだが、本当に悔やまれる。愚かだった。

これから私は残りの人生を償いにかける。もしかするとそれほど長い年月ではないかもしれないが、そのかぎられた時間で悔い改めたいと思う。

和真に伝えておきたいことが三つある。一つは、親子の縁を切ってもらって結構だということだ。いやむしろ、切ってもらいたい。倉木達郎という人間が父親だったことなど忘れ、新たな人生を歩んでほしい。こちらから連絡するつもりは一切ないので、手紙などもくれなくていい。会いにも来なくていい。たとえ来てくれても私は会わないつもりだ。もちろん裁判にも出なくていい。何かの証人を頼まれるかもしれんが、断ってほしい。

伝えておきたい二番目は、千里《ちさと》のことだ。千里は私が灰谷氏を殺したことなど知らなかった。死ぬまで知らないままだった。一人息子への愛情を含め、彼女の誠実さにはいささかの曇りもなかった。私が父親だったことは過去から消してもらってよいのだが、千里が母親だったことはどうか忘れないでほしい。

最後に、篠目にある自宅のことを頼みたい。好きなように処分してもらってかまわない。権利証などは、タンスのひきだしに入っている。二束三文でたたき売ればいいと思う。荷物もすべて業者にまかせればいい。残しておいてほしいものなどない。

本当に申し訳なかった。和真のこれからの人生が馬鹿な父親のせいで暗いものにならなければいいと、今はそればかりが気がかりだ。

身体に気をつけて、どうか良き人生を送ってくれることを祈っている。』


四枚の便箋を折り畳んで封筒に戻し、テーブルに置いてから吐息を漏らした。感想が何も思い浮かばない。ただひたすら虚《むな》しさだけが胸に広がっていた。

「いかがでしょうか」堀部が尋ねてきた。

「いかが、と訊かれても……」和真は顔をしかめて頭を掻いた。「本人がこう書いているんだから、何かの間違いとか冤罪ではないんだな、とは思います。でもどうして、という気持ちが強いです。あの親父が、そんなことをするなんて……」

「大変よくわかります。今日達郎さんと会ってみて、じつに真面目な方だという印象を持ちました。とても人を殺めたりするようには見えない。警察や検察でも、真摯な態度で取り調べに応じているようです。それだけにこのたびの犯行は、相当気持ちが追い詰められた上でのことだったと想像できます」

「そうかもしれないけど……」

後の言葉が出なかった。自分自身の気持ちがよくわからなかった。何て馬鹿なことをしてくれたんだ、という怒りはあるし、ほかに方法はなかったのか、という疑問もある。だが結局のところ、やっぱり信じられない、というのが正直な気持ちだった。

「先生、あの……親父は、父は」唇を舐めてから続けた。「死刑になるんでしょうか。一人を殺しただけでは死刑にはならないけど、二人以上なら死刑だという話を聞いたことがあるんですけど」

堀部が右手で金縁眼鏡に触れた。レンズが照明を反射して、きらりと光った。

「そうならないようにがんばるつもりです。たしかに二人の命を奪っているわけですが、最初の事件は時効になっています。しかも、自分の代わりに逮捕されて自殺した人の遺族に詫びたいという気持ちがあったのだから、その事件に関しては、十分に苦しみ、反省していたとみることができます。裁判員に、過去は一旦リセットされていると思ってもらえるかどうかが分かれ道です」

「でもそれなら白石さん……でしたっけ。その弁護士の方にいわれたように、潔く名乗り出て謝ればよかったじゃないか、といわれそうな気もします」

堀部は口元を歪めつつ、何度か首を縦に動かした。

「おっしゃる通りですが、冤罪で自殺した人の遺族と親しくなりすぎたがために、もはや真実を打ち明けにくくなったというのは、人間の心理として理解できることではないでしょうか。白石弁護士の言い分は正論だったのですが、あまりに達郎さんを追い詰めすぎたのではないか、という点を強調したいと思っています。いずれにせよ裁判では、事実関係を争うのではなく、そこが焦点になると思いますので」

「それによって死刑かどうかが決まると？」

「有期刑になる可能性もあるとみています」堀部は慎重な口調でいった。「ですからとにかく、達郎さんが深く反省していること、本来は人殺しなんてする人ではないってことを裁判では主張していくことになります。そのためにはやはり、周囲の方々の証言が必要になってきます。そこでまずは御家族です」

「いや、でも……」和真はテーブルに置いた封筒を指した。「ここには、親子の縁を切る、裁判にも出なくていい、と書いてありますけど」

「それこそが反省している証だと思いませんか。減刑などは望んでないということです。手紙に、それほど長い年月ではないかもしれない、と書いてあったでしょう？　死刑を覚悟している、ということだと思います。私は、この手紙も証拠として提出するつもりです。その上で息子さんには情状酌量を訴えてもらいたいんです。だからどうか、この手紙は大切に保管しておいてください。間違っても破ったりはしないように」

弁護士の言葉を聞いても、和真はどこかぴんとこなかった。息子さんというのが自分のことだと気づくのに数秒かかったほどだ。

「いくつか確認しておきたいことがございます」堀部が手帳とペンを構えた。「一九八四年の事件について、あなたは何ひとつ御存じではなかったのですね」

和真は首を振った。「全く知りませんでした。何しろ一歳にもなっていませんし」

「達郎さんがしばしば上京されるようになったのは定年退職した六年前の秋から、ということですが、間違いありませんか」

「そうだったと思います」

「いつもこの部屋にいらっしゃるんですか」

「そうです。日付が変わる前後ぐらいにやってきます」

「そんな遅い時間になることについて、達郎さんはどう説明しておられたんでしょうか」

「行きつけの飲み屋ができたので、そこで飲んできた、といってました。実際、いつも少し酒臭かったです」

「どういう店か、具体的にお聞きになっていましたか」

「新宿というだけで詳しいことは何も。でもあれ、嘘だったんですね。まさか、門前仲町なんて粋な場所に行ってたとは」和真は呟くようにいってから、ああそうだ、と付け足した。「この話、刑事にはいわなかったんだ」

「刑事？」

「二週間ぐらい前、父のことを訊きに来ました。その時にも、父が遅い時間に来る理由について質問されたんです。わからないといってごまかしましたけど」

「なぜごまかしたんですか」

「なぜって、そりゃあ……」和真は少し口籠もった後、ため息をついて続けた。「いいにくかったからです。父が上京してくる目的は、その飲み屋だろうと思っていたので」

つまり、と堀部は上目遣いをした。「そこに好きな女性がいるのだろう、と」

ええ、と和真は頷いた。「でも、悪いことではないと思っていたんです。母が亡くなって何年も経っていますし、父だってまだ六十代なんだから、そういう楽しみがあるのはいいんじゃないかと」

「実際はどうだったんですか。この部屋に来た時、達郎さんは楽しげでしたか」

「いやあ、それはどうだったかな」和真は首を傾げた。「不機嫌ってことはないけど、浮かれているようにも見えませんでした。いい歳なんだし、うちの父はそれほど軽薄ではないと思うんですけど」そういってから、犯した罪を考えれば、じつは思慮深い人間でもなかったのかな、と和真は思った。

「いずれにせよ、その店や女性について達郎さんと話したことはないんですね」

ありません、と和真は断言した。

堀部は手帳に目を落とした。

「達郎さんが最初の事件を起こしたのは一九八四年の五月十五日です。五月十五日――この日付を聞いて、何か思い出すことはありませんか」

和真は質問の意図がわからなかった。「どういうことですか」

つまりですね、と堀部は少し身を乗り出した。

「毎年五月十五日には、達郎さんが神棚に手を合わせていたとか、どこかに出かけていた、といったことはなかったでしょうか。誰かの墓参りに行っていたようだ、なんていうエピソードがあれば理想的なんですが」

そういうことか、と合点した。

「自分が殺した人の供養を父がやってなかったか、ということですね」

「そうです、そうです」堀部は二度頷いた。「その日だけはお酒を飲まなかったとか、写経してたとか、そういうことでもいいんです。何かありませんか」

和真は、五月十五日、と口に出してから首を横に振った。

「だめです。何も思いつきません。我が家にとっても、父にとっても、特別な日だったという記憶はありません」

「そう簡単に諦めないでください」堀部はしかめっ面をした。「どんな残虐な人間だって、人を殺めた日を忘れるなんてことはありません。ましてや達郎さんは本来善人です。逮捕されることはなかったけれど、自分を許していたはずがないんです。きっと何かをしておられたと思います」

和真は眉根を寄せ、首を捻った。堀部のいっていることはよくわかるが、思い当たらないのだからどうしようもなかった。

「そのこと、本人には訊いてないんですか」

「まだ訊いていません。こういう話は、本人以外の口から出てきたほうが説得力があるんです。本人が、毎年五月十五日には心の中で詫びていた、手を合わせていた、なんてことをいくらいっても、空々しく聞こえるだけですから」

いわれてみればその通りだな、と和真も思った。

「だけど、本当に思い当たることが何もないので……」

堀部は諦めの表情で頷き、腕時計をちらりと見てから手帳を閉じた。

「仕方がないですね。でもどうか、今の話を心に留めておいてください。そしてもし、そういえば、と何か思い出したなら、すぐにでも連絡していただけますか」

「わかりました。自信はないですけど」

「がんばるんです。きっと何か見つかります。いいですか、これはお父さんのためだけじゃない、あなたの今後の人生に関わることでもあるんです。考えてみてください。父親が服役囚というだけじゃ、どんな罪を犯したのかはわかりませんよね。でも死刑囚となれば、その者が犯した罪は一つしかない。その違いは大きい。とてつもなく大きい」

熱い口調で語られた死刑囚という言葉に、はっとした。自分の人生には無関係だと決めつけていた言葉だった。

「僕はこれからどうすればいいんでしょうか」

和真が訊くと、堀部は少し思案する顔になってから口を開いた。

「平常通りに生活して問題ないと思いますが、目立つ行為は避けたほうがいいでしょうね。気をつけなければならないのはマスコミです」

「マスコミ？」和真は聞き直した。まるで考えていなかったことだ。

「時効によって一度処罰を免れた殺人犯が、また人を殺したってことになれば、マスコミが騒ぐかもしれません。そうなれば、あなたのことを取材しようとする人間も現れるでしょう。連中は執拗で無神経です。あらゆる手で挑発し、何らかの発言、リアクションを得ようとします」

その状況を想像するだけで暗澹《あんたん》たる気持ちになった。

「無視したらだめですか？」

「あまりに冷淡な態度を取るのは考えものです。こんなふうに書くかもしれません。犯人の息子は我関せずを決め込んでいる、とかね」

弁護士の言葉に軽い目眩を覚え、両手で頭を抱えた。

和真さん、と堀部が声をかけてきた。

「現在の心境とかを質問されたら、正直に答えてくださって結構です。信じられない、ショックを受けている、で構いません。ただし、犯行の動機など事件の詳細については、決して話してはいけません。しつこく尋ねられたら、裁判に関わることなので話さないように弁護士から釘を刺されている、と答えてください。被害者や遺族のことをいわれたら、本人に代わって心よりお詫び申し上げます、といって頭を下げる。そういう感じで乗り切ってください」

和真は壁際に置いたテレビに目を向けていた。ワイドショーの映像が頭に浮かんだ。大勢の記者やレポーターたちに囲まれ、深々と頭を下げている自分の姿――。

「プライバシーの侵害だと感じるようなことがあれば、私に連絡してください。こちらから抗議します」

堀部の言葉は頼もしい一方、これから何が起きるかわからないから覚悟しておけ、と宣告しているようにも聞こえた。

「何か訊きたいことはありますか」

堀部にいわれて考えたが、すぐには思いつかなかった。事態の急変に気持ちがついていけないのだ。だがテーブルに置かれた手紙を見て、頭に浮かんだことがあった。

「面会は……できるんでしょうか。ここには、会いに来なくていいと書いてありますけど」

「接見禁止にはなっていません。やっぱり、お会いになりたいですよね」

「本人から直接話を聞きたいという気持ちはあります」

「わかりました。私のほうから達郎さんに伝えておきます。ほかに何か、伝えたいことはありますか」

和真は少し考えてから、いいえ、と首を振った。「今すぐには何も……」

「では、身体に気をつけるように、というのはいかがでしょうか。そういう一言だけでも、家族からの言葉には勇気づけられるものですから」

「ああ……じゃあ、それでお願いします」

「わかりました、また連絡します」堀部は立ち上がった。

堀部を見送って部屋に戻ると、和真はソファに身体を投げだした。これからどうすべきか、まるで考えられなかった。

とりあえず明日の予定を確認しようと思い、そばに置いてあったスマートフォンを手に取った。その瞬間、家族がトラブルに巻き込まれたという理由で早退したことを思い出した。詳しいことは明日話します、と上司にはいった。

一体、どんなふうに話せばいいのだろう——いきなり目の前に大きな壁が現れたような気分だった。

するとスマートフォンが着信を告げた。知らない番号が表示されている。

電話に出てみると、倉木和真さんですか、と男性の声が訊いてきた。

「そうですが……」

相手は、警視庁の者です、といった。

13

東陽町駅から歩くこと約八分、五代たちが到着したマンションは、いくつか並んでいる似たような建物の一つだった。小学校がすぐそばにあるようだが、騒音は聞こえてこない。

年季を感じさせるエレベータに乗り、五階のボタンを押した。腕時計で時刻を確認すると、針は午後二時五十分を指していた。

エレベータを降りた後、「少し早い。ここで待とう」と五代は同行の中町にいった。部屋の前などで待っていたら、ほかの住民が怪しむかもしれないからだ。

エレベータホールの窓から住宅街を見下ろしながら、五代は頭の中を整理した。じつのところ、あまり考えはまとまっていなかった。こちらからの質問に対して相手がどう答えるか予測できないからだ。そもそも今日の聞き込みは、気の重たい仕事だった。

これから会うことになっているのは浅羽洋子と織恵だった。『あすなろ』の女性経営者と、その娘だ。馴染み客の倉木達郎は、彼女らの夫であり父親である福間淳二が獄中で自死した事件の真犯人だったわけだが、今回、それについては伝えるなと係長の桜川からは命じられている。倉木の逮捕はすでに報道されているが、事件の詳細について警視庁は正式な発表をしていない。愛知県警への配慮から、倉木が告白した動機は極力伏せておこうというのが上層部の方針らしかった。だから五代の気持ちを重くしている原因は、もっと別のところにあった。

「あの二人、今はどんな気持ちでいるでしょうかね」中町がいった。「どんなことを訊かれるんだろうって、落ち着かないんじゃないですか」

「そりゃ、殺し担当の刑事から電話がかかってきて、話を聞かせてくれっていわれたら穏やかじゃいられないだろうさ。たとえ後ろ暗いところがなくてもな。それに倉木が逮捕されたことは知っているかもしれないし」

「五代さんはいわなかったんですよね」

「いわなかったけど、ニュースで知っていた可能性はある。もし知らなかったとしても、俺からの電話の後、ネットとかで調べるんじゃないか」

五代が電話をかけた相手は浅羽織恵のほうだ。警察嫌いを明言している洋子より、かけやすかったからだ。

織恵の声は落ち着いているように聞こえた。用件を尋ねてこなかったから、倉木のことだと察したのではないかと考えている。

中町が腕時計を見た。「そろそろですね」

「行こうか」

長い外廊下を進んだ。五〇六号室が浅羽母娘の住居だった。ドアの前で止まり、部屋番号を確認してからインターホンのボタンを押した。すぐに、はい、と女性の声が答えた。織恵のものと思われた。

「先程、電話をかけた五代です」

間もなく鍵の外れる音がし、ドアが開いた。顔を見せたのは浅羽織恵だった。髪をへアバンドでまとめている。薄く化粧はしているようだ。グレーのセーターにジーンズという出で立ちだった。

「無理をお願いして申し訳ございません」五代は頭を下げた。

織恵は小さく会釈し、どうぞ、といった。

お邪魔します、と五代は室内に足を踏み入れた。靴脱ぎの先にはすでにスリッパが用意されていた。

折れ曲がった廊下の奥に案内された。こぢんまりとしたリビングルームがあり、ソファとテーブルがコンパクトに配置されている。一人掛けのソファに座っていた洋子が、五代たちを見て立ち上がった。こちらは紫色のカーディガン姿だ。織恵と同様、仕事前だがきちんと化粧をしている。客商売をしている者のプライドだろうか。

「先日は捜査に御協力いただき、ありがとうございました」五代はいった。

「大したことは話してないと思うんですけど」洋子は座り直した。その顔は無表情だが、刑事たちを歓迎していないのはたしかだった。

「どうぞお掛けになってください」織恵が、洋子のソファと直角に置かれている二人掛けソファを勧めてきた。

失礼します、といって五代と中町は並んで腰を下ろした。何気なく室内を見回し、壁際の棚に置かれた写真立てに目を留めた。小さな男の子と浅羽織恵が並んで写っている。少年は小学校高学年ぐらいだろうか。

「あの写真は？」五代は写真立てを指した。「親戚のお子さんですか」

「息子です」織恵が気まずそうに答えた。

「えっ、そうなんですか」

織恵に結婚歴があることは把握していない。

「別れた夫との間にできた子です。今は向こうの家にいます」

どうやら訳ありのようだ。この点について突っ込んだ質問をすべきかどうか五代が迷っていると、織恵は隣のキッチンへ行ってしまった。食器を用意しているところを見ると、飲み物を出す気らしい。

「どうかお気遣いなく」五代が声をかけた。

「お茶ぐらいはお出ししますよ」洋子がいった。「その代わり、手短にお願いします」

「そのように心がけます。じつは本日も、前回と同様、倉木という人物についていくつかお尋ねしたいんです」

五代がいうと洋子は大きく呼吸をした。自分に気合いを入れたように見えた。

「倉木さん、逮捕されたそうですね」

「御存じでしたか」

「昨夜、店に来たお客さんから聞いたんです。その方は、テレビで見たとおっしゃってました。倉木さんによく似た人が画面に映ってて、警察の車でどこかへ連れていかれるところだったそうです。まさかと思ったけれど、アナウンサーが倉木容疑者っていったから驚いたと」

送検された時の映像だな、と五代は察した。テレビが犯人逮捕を伝える時の定番だ。

「殺人の容疑です。我々が捜査を担当しているんです」

「そうみたいですね。お客さんから聞いて、私たちもすぐに確かめました。どこかの弁護士さんを殺した疑いとか」

「おっしゃる通りです」

洋子は不快そうに唇を曲げ、首を小さく横に振った。「あり得ないですよ」

「何がですか」

「倉木さんが人を殺すなんてことがです。きっと何かの間違いです。どうして倉木さんがそんなことをしなきゃいけないんですか」洋子は唇を尖らせ、強い口調でいった。

「事実関係や動機については現在詳しいことを確認中です」

動機を知ったら洋子はどう反応するだろう、と五代は思った。

織恵がトレイに湯飲み茶碗を載せてやってきた。無言で五代たちの前に茶碗を置いた後、平たいクッションを床に置いて正座をした。

「もっとちゃんと調べたほうがいいですよ」洋子が強い口調で断言した。「倉木さんがそんなことをするわけないです。絶対に間違ってます」

「そうでしょうか」

「決まってます。警察なんて、証拠がなくても平気で人を捕まえるんだから」洋子は憎々しげに呟いた。「その人が牢屋で首を吊ろうが何とも思わない」

「倉木は自供しているんです」中町がたまりかねたように横から口を挟んできた。

中町君、と五代が窘めた。すぐに中町は、すみません、と首をすくめた。

刑事さん、と織恵が口を開いた。「倉木さんは、どんなふうにいってるんですか」

「それをお話しするわけにはいきません」五代が答えた。「いろいろと裏付け捜査を行っている段階なものですから」

織恵は特段不満そうな表情も見せず、そうなんですか、と沈んだ声を出した。

「信じられない」洋子が俯いた。

「倉木容疑者は、お二人の店には年に数回のペースで来ていたということでしたね」五代は確認した。「午後七時ぐらいに現れて、閉店までいる——間違いありませんね」

織恵と洋子を交互に見ると、二人は顔を見合わせてから、どちらからともなく頷いた。

「間違いありません」織恵が答えた。

「倉木容疑者と店外で会ったことはありますか」

「店以外で、ですか」織恵は再び洋子のほうを見た。「あったかな」

さあねえ、と洋子は首を捻った。「なかったと思いますけど」

「誘われたことは？」五代は織恵のほうを見て訊いた。

彼女は不思議そうな顔で見返してきた。「何にですか」

「倉木容疑者は閉店までいることが多かったんですよね。店が終わった後、飲み直しに行こうとかいわれたことはありませんか。あるいは、店が休みの日に食事に行こうとか」

「私にですか？」織恵は当惑した顔で胸に手を当てた。

「いや、どちらでも」五代は織恵から洋子に視線を移し、再び織恵に戻した。

「ありません。なかったと思います」

「あるわけないじゃないですか」洋子が娘の声に被《かぶ》せていった。「あの人はうちの店の料理が気に入って、来てくださってたんですよ。ほかの店に行く理由がどこにあるんですか」

五代は眉の横を掻いた。どう説明するべきか、難しいところだ。

「前回、富岡八幡宮のお札を倉木容疑者にあげた、とおっしゃいましたよね。逆に倉木容疑者から何か貰ったことはありますか」質問内容を変えてみた。「お二人のどちらでも構いません」

「ああ、それならありますよ」洋子が何でもないことのように答えた。「うちに来るたび、何か持ってきてくださいました。ういろうとかプリンとか海老せんべいとか。愛知県は美味しいお菓子がたくさんありますからね」

「いえ、そういう食品などの手土産ではなく、何といいますか、プレゼントという意味合いの濃いものです。アクセサリーとか服飾品とか……」

洋子は解《げ》せない様子で眉をひそめた。

織恵が口を開いた。

「もしかして刑事さん、倉木さんが私か母のどっちかを好きだったんじゃないかとか、そういうことを調べておられるんですか？」

この問いかけに五代は思わず顔をしかめた。図星だったからだ。

「ええ、まあ、そうです」歯切れ悪く答えた。

馬鹿馬鹿しい、と洋子が吐き捨てるようにいった。

「私はもうこの歳ですよ。もし倉木さんにそういう気があるなら娘に対してでしょうね。だけど、どうなのあんた？」織恵に尋ねた。「そんなふうに思ったことある？」

織恵は首を傾げた。

「贔屓《ひいき》にしてもらってるんだから、嫌われてはいないと思ってた。でも、あまり考えたことはない。実際、何かいわれたことはないし」

「プレゼントなどを貰ったことはないのですね」しつこいと思いつつ、五代は確かめた。

「ありません」織恵の答えは明快だ。

「そのことと倉木さんが逮捕された事件と、どんな関係があるんですか」洋子が焦《じ》れたように訊いてきた。

「倉木容疑者が定期的に上京する理由について調べているんです」五代は用意しておいた台詞を述べた。「贔屓にしている店で酒を飲みたいからという理由だけで、新幹線代を払ってまで上京はしてこないと思いますから」

「息子さんが東京にいるからでしょ。そう聞いてますけど。――ねえ」洋子は娘に同意を求める。

「それだけにしては頻度が高い、というのが我々の印象なんです」

母娘は揃って黙り込んだ。そんなことを自分たちにいわれても困る、といったところか。

「もう一度確認しますが、倉木容疑者から好意を持たれていると感じたことは、これまでに一度もなかったのでしょうか」五代は織恵の瓜実顔《うりざね》を見つめた。

彼女はちらりと母親のほうに視線を向けた後、「さっきもいいましたように、考えたことはありません」と答えた。

「では、考えてみていただけませんか。今改めて振り返れば、好意を抱かれていたかもしれないというようなことが、何か思い当たるのではありませんか」

織恵は困惑した顔で首を横に振った。

「そんなことをいえば、きりがありません。倉木さんからは親切にしてもらいましたし、さっきもいったようにお土産も貰いました。好意といえば好意ですよね。でもどういう種類の好意だったのかは私にはわかりません。はっきりいえるのは、好きだという意思表示を言葉や態度でされたことはない、ということだけです」

極めて筋の通った弁だ。五代は何も反論できない。

「わかりました。ではもう一つだけ失礼な質問をさせてください。現在、付き合っている男性はいますか。これは無理にお答えにならなくても結構です」

「いいえ、そういう人はいません」織恵は即答した。

五代は頷き、洋子のほうに顔を巡らせた。

「倉木容疑者の逮捕を、お客さんから聞いたとおっしゃいましたよね。その方の名前を教えていただけますか。できれば連絡先も」

「お客さんを面倒なことに巻き込むのは――」

洋子がいい終わらぬうちに、「その方に迷惑はかからないようにします」と五代はいった。「また、倉木容疑者と面識があったと思われるお客さんがほかにもいるなら、その方々についても教えていただけますか。前回は了承していただけませんでしたが、殺人事件の被疑者に関する捜査です。こちらも簡単には引き下がれません」顎を引き、洋子を見つめる目に力を込めた。

洋子は口元を少し歪めた。「皆さんの連絡先を知っているわけじゃないですよ」

「わかる範囲で結構です」

洋子は頷いて小さく息をつき、織恵のほうを向いた。「名簿、持ってきて」

織恵が不承不承といった様子で立ち上がった。

浅羽母娘の部屋を辞去した後、真っ直ぐに特捜本部に帰る気になれず、五代は中町を誘い、永代通り沿いにあるコーヒーショップに入った。コーヒーを飲むつもりだったが、カウンター前で並びながらメニューを眺めているうちに気が変わり、ビールを注文していた。中町は驚いた様子だったが、「俺も付き合っていいですか」と訊いてきた。

「もちろんだ。奢《おご》るよ」

通りから目立たない席を確保し、ビールで喉を潤した。

「とりあえず、訊くだけのことは訊いた」

「五代さん、質問の仕方に苦労されてましたね」

中町の言葉に五代は口元を曲げて頷いた。

「向こうにしたら、おかしなことばかり訊くと思っただろうな。倉木に恋愛感情を持たれてたかどうかなんて、どうでもいいじゃないかって。実際、俺だってそう思ってる」

「ところが裁判ってことになると、それじゃあだめなんですね」

「だめってことはないだろうけど、検察としては、はっきりさせたいらしい」五代はビールをひと飲みした。「全く面倒臭い話だ」

倉木が犯行を自供しているので、裁判で事実関係が争われることはない。焦点は情状酌量の余地があるかどうかだ。

倉木は白石を殺害した理由について、浅羽母娘と過ごす時間は今や生き甲斐であり、過去の犯罪を二人に暴露されることで失いたくなかったからだ、と述べている。そこで弁護側としては、生き甲斐を守ろうとするのは人として当然の本能、と訴えてくるだろう。だが検察は、自分の代わりに冤罪を被った人物の遺族との時間を生き甲斐にすること自体、前の犯行を反省していない証拠であり、歪んだ身勝手な欲望だと断じるつもりらしい。そして、そもそも浅羽母娘に対する気持ちは本当に純粋なものなのか、もっと男としての欲望に根ざしたものではないのか、と疑っているようだ。

かくして五代が上司から命じられたのは、倉木が浅羽母娘のどちらか——おそらく娘の織恵に恋愛感情を抱いていたことを裏付ける物証なり証言なりを摑めということだった。

五代が接した印象では、倉木は至ってまっとうな人間だ。もしかすると織恵のことを女性として見ていたかもしれないが、手を出してはいけないと自制していたに違いない。だったらそれについては触れなくていいではないかと個人的には思う。今日の聞き込みが気の重たいものだったのは、そういう考えがあったからだ。

　特捜本部に戻ると、主任の筒井に浅羽母娘から聞いた内容を報告した。

「ふうん、やっぱりそうか」筒井は、予想通りという口ぶりだ。

「やっぱりというと？」

「倉木の息子からも話が聞けたんだ。息子は、父親が頻繁に上京することについて、行きつけの飲み屋に好きな女でもいるんじゃないかと疑ってはいたようだ。だけど本人から話を聞いたことはないし、はっきりとした根拠があるわけではないといっている。たぶん嘘じゃないだろう」

　五代は倉木和真と会った時のことを思い出した。父親とはお互いに干渉しないことにしている、とむきになっていた。

「倉木本人は浅羽母娘に恋愛感情はなかったといってるんですから、それでいいと思いますけど」五代は自分の意見をいってみた。

「同感だが、担当検事としちゃあ、少しでも裁判員たちの心証を悪くする材料がほしいんだろ。浅羽母娘の店に通っていたのは贖罪の気持ちからではなく、下心があったから、というふうにな。倉木のことを良い人だと思わせたくないんだよ」そういって筒井は、ふんと鼻を鳴らした。「ひとまず、御苦労だった。報告書にまとめておいてくれ」

はい、と五代は答えた。その時、遠くの席で電話をしている桜川の声が聞こえてきた。

「車掌だけじゃなく、改札口にいる駅員にも写真を見せてみろ。……自動改札を通ったとはかぎらんだろ。そんなことまで俺に指示させるなっ」尖った口調から、かなり苛立っているのがわかる。

五代は腰を屈《かが》め、筒井のほうに顔を近づけた。「新幹線、まだ特定できないんですか」

筒井は、しかめっ面を小さく上下させた。

「防犯カメラのほうは諦めるしかなさそうで、目撃者捜しに賭けてるんだが、あの分だと成果は期待できそうにないな」

「下りもだめなんですか」

「だめだから、係長もカリカリしてるんだよ」筒井は声をひそめていい、桜川のほうをちらりと見た。

現在、多くの捜査員たちにより、倉木の自供内容の裏取りが行われている。十月三十一日に東京行きの新幹線に乗った、という供述についてもそうだ。ところが倉木は、名古屋駅から乗車したが、何時何分発の列車だったかは覚えていないという。そこで、東京駅に着いたのが五時頃だったという供述を元に、名古屋駅周辺の防犯カメラの映像が片っ端から調べられたのだが、倉木だと断言できる姿は確認できなかった。そこで車掌らに倉木の顔写真を見てもらうため、捜査員が名古屋駅に出向いたというわけだ。下りもだめだということは、帰りの新幹線も特定できないでいるらしい。

「あっちはどうなんですか。門前仲町のほうは？」五代は筒井に小声で訊いた。

筒井の表情は、さらに渋いものになった。無言で首を横に振る。

「やっぱりだめですか」

「裏通りは防犯カメラが少ないし、倉木が目立つ行動を取ったとは思えないからな。仕方がないんじゃないか」

倉木は白石健介と会うまでの間、門前仲町付近を歩き回ったといっている。だが目撃者は見つかっていないし、町内に設置してあるどの防犯カメラの映像にも映っていないのだ。

「筒井さん、ちょっとおかしいと思いませんか」

「ろくに裏を取れてないじゃないですか。例の車から、倉木が運転したっていう物証も見つかってないんでしょう？　こんなんで大丈夫ですか」

「声がでけえよ」筒井が舌打ちし、桜川のほうを窺い見た。

「まずいんじゃないですか」五代は声を落とし、重ねて訊いた。

例の車とは、いうまでもなく殺された白石健介の車のことだ。倉木は白石の遺体を車に乗せて移動したといっているが、車内から倉木の指紋、ＤＮＡ、毛髪といったものが見つかっていないのだ。

「何が？」

「鑑識は、そういうこともあり得る、といっている」筒井は苦しげにいった。「車に乗ったからといって、毛髪やＤＮＡが必ず脱落するわけではないらしい。それから指紋だが、ナイフの柄とハンドルには、布か何かで拭き取った跡がある」

「でも倉木の最初の供述では、指紋を拭いた話なんか出てこなかったじゃないですか。取調官から指紋はどうしたって訊かれて、最初は覚えてないと答えたんでしょう？　拭いたんじゃないのかといわれ、そうかもしれないと答えただけです」

「本人が覚えてないというんだから、しょうがないだろうが」

五代は首を振り、頭を掻きむしった。「何だか苦しい説明に聞こえますけどね」

「じゃあ、どうしろっていうんだ」筒井が口を尖らせた。

「もう少し調べてみる必要があるんじゃないですか。倉木が本当のことをいっているとはかぎりませんよ」

「どこが嘘だというんだ？」

「それはわかりません。だから調べるんです。こんなに裏が取れないなんて変ですよ。もしかしたら俺たちは、とんでもなく的外れなことをしているのかもしれない」

「おまえ、それを係長の前でいうなよ」筒井が睨んできた。「たしかに、倉木のいってることが全部事実かどうかはわからん。裁判で急に違うことをいいだすことはあり得るだろう。だけどあいつが犯人だという事実は動かない。警察としては、それで十分なんだ。役目を果たしたってことになる」

「秘密の暴露……ですか」

「ああ、そうだ。わかってるじゃないか」

倉木は白石を刺殺した場所は清洲橋近くの隅田川テラスだと自供している。犯行現場に関しては報道されておらず、犯人しか知り得ない。こうした「秘密の暴露」が、裁判では物証に匹敵するぐらい重要視されるのは事実だ。

「あれだけで公判を維持できるんでしょうか」

「俺の見たところ、倉木が突然否認に転じるとは思えない。大丈夫だ。余計なことは考えず、さっさと報告書を仕上げてくれ」筒井は五代の背中を叩いた。

はい、と五代は不承不承答えた。内心では、倉木が浅羽織恵に恋愛感情を抱いていたかどうかなどより、もっと大事なことがあるように思えてならなかった。

「ああ、そうだ。東京ドームのことは、息子に確認できたぞ」筒井がいった。「三月頃、たしかに巨人中日戦のチケットを倉木に渡したそうだ」

「財布を落としたことは?」

「それは知らなかったらしい。失敗談だから、わざわざ息子には話さないだろう」この話はこれでおしまい、とばかりに筒井はパソコンに向かった。

五代は釈然としない思いで歩きだした。

じつは裏を取れていない重要なことが、もう一つあった。

昨夜、五代は一人で南青山にある白石健介の自宅に行った。確認したいことがあるからだった。前回と同様、リビングルームで妻の綾子と娘の美令と向き合った。

確認したいこととはほかでもない、倉木と白石の出会いに関してだった。

倉木は白石とは、三月末に東京ドームで出会ったといっている。巨人中日戦だ。席が隣り合った二人は、ひょんなことから言葉を交わすようになり、財布を紛失した倉木に白石が新幹線代を貸すほどに親しくなって別れた――そのエピソードを知っているかどうかを彼女たちに尋ねた。

二人とも、そんな話は聞いていない、と答えた。当然、倉木という名も耳にしたことはないという。

それどころか、白石が東京ドームに一人で観戦しに行ったということ自体に、母娘は意外そうな反応を示した。

「中日ドラゴンズのファンだというのは本当です。人に誘われて何度か球場へ行ったこともあるようです。でも一人で観戦するほど熱狂的に応援していたわけではないと思うんですけど」綾子が腑に落ちない様子でいった。

結局、倉木の供述の裏は取れないまま、五代は白石家を辞去することになった。だがその前に娘の美令から、事件について教えてほしいといわれた。

「倉木という人が逮捕されたことはニュースで知りました。でも動機とかは報道されていません。教えてくださいい。なぜ父は、その人に殺されたんですか。その人は一体何者で、父とはどんな関係があったんですか」

美令は彫りの深い洋風の美人だ。その顔で眉を吊り上がらせ、大きく目を見張ると、威圧感とでもいうべき迫力があった。

現在捜査中です、と五代が型通りに回答しても、彼女は引き下がらなかった。

「ニュースによれば、容疑者は犯行を認めてるってことでした。どんなふうに認めてるんですか？　殺したことは認めてるけど、その理由はいわないんですか？」嚙みつかんばかりの勢いだ。

捜査上の秘密は話せないのだと五代がいうと、「遺族なのに」という言葉を美令は何度も口にした。

「あたしたちは遺族なのに、何も教えてもらえないんですか？　そもそも、犯人が逮捕されたなら、真っ先に教えてくれるべきじゃないんですか。遺族なのに、こんな扱いをされるのって、おかしくないですかっ」

美令の苛立ちは十分に理解できた。倉木の供述内容を話してあげたかった。しかしそれが外部に漏れない保証はどこにもなかった。口止めしたからといって、その約束が守られるとはかぎらないのだ。それならば話さないのが最善の方策だった。五代は、すみません、とただ頭を下げるだけだった。

それにしても、東京ドームでの出来事を家族が知らないのは、どういうことだろうか。わざわざ話すほどのことでもないと白石が思ったのだろう、といわれれば反論できないが、本当にそれで済ませていいのか。一人で観戦に出かけたとは思えない、という綾子や美令の発言も気に掛かる。

いずれにせよ、あの遺族のためにも、この事件はもっと深く掘り下げる必要があるのではないか、と五代は思った。

14

堀部弁護士の訪問を受けた翌日、和真は体調不良を理由に会社を休んだ。今の心理状態では、到底まともに仕事などできないと思ったからだ。直属の上司である課長の山上《やまがみ》は、昨日和真が口にした、「家族が巻き込まれたトラブル」について気になっている様子だった。まさか部下の父親が逮捕されたとは夢にも思っていないだろう。近いうちに説明しますといって切り抜けたが、明日以降のことを想像すると気持ちが沈んだ。

昨夜から食欲は全くなく、睡眠もろくに取れていない。これから自分が何をすればいいのか、さっぱりわからなかった。堀部はマスコミが来るかもしれないといっていたが、それはいつ頃の話なのだろうか。

和真はスマートフォンを睨んだ。今にも見知らぬマスコミ関係者から電話がかかってきそうな気がする。あるいはインターホンを鳴らされるのだろうか。

気が進まなかったが、インターネットの記事をチェックし、テレビのチャンネルをワイドショーやニュース番組に合わせた。これから自分たちがどうなっていくのかを予測するためには、現在の状況を把握しておく必要があると思ったからだ。

だが和真の予想に反し、達郎が起こした事件に関する新たな情報は見つからなかった。考えてみれば当然で、日々新たな出来事が起きている中、関係者が有名人でもなければ、刑事事件の続報が細かく伝えられることなどないのだった。

結局、昼近くまでベッドの上でぼんやりと過ごしたが、どこからも連絡はなかった。

昨日、堀部が帰った後で二人の刑事が訪ねてきたが、野球のチケットを達郎にあげたかとか、細かい質問をいくつかされただけだ。その中には、達郎が女性と交際していた形跡があったかどうか、というものもあった。そんなふうに想像したことはあるが、はっきりとした根拠はないと答えておいた。あんな話が捜査にどう役立つのだろうか。

スマートフォンをチェックしてみると、何人かからのメッセージが届いていた。内容が気になるが、読めば何らかの対応をしなければならなくなる。それが面倒で放置することにした。どうせ大した用ではないだろう。

午後になるとさすがに空腹を覚えた。自炊する気にはとてもなれず、部屋を出た。行きつけの喫茶店に入ってコーヒーとサンドウィッチを注文した後、スマートフォンで、『家族』『加害者』『裁判』といった言葉で検索を行った。

すぐにいくつかの記事が見つかった。法律事務所が発信している情報が多い。裁判において被告人の家族にできるのは、真摯な気持ちで傍聴し、情状証人として証言台に立つことのみ、などと書かれている。情状酌量を訴えるならば、どんな形で被告の更生を手助けするつもりなのか、具体的に説明できねばならないそうだ。

昨日の段階では、なかなか現実として受け止められなかったが、こうした記事を読んでいると、これらが自分の身に起きたことなのだという実感が湧いてきた。そして改めて、なぜ達郎はそんなことをしてしまったのかと疑問が膨らむのだった。事情は堀部から聞いたが、納得できなかった。何としてでも本人の口から説明を聞きたかった。

胃袋に押し込むようにしてサンドウィッチを食べ終えると、店の隅に移動して堀部に電話をかけた。相手はすぐに出た。何かありましたかと尋ねられたので、いつになれば達郎に会えるかを訊いた。

「今は警察署と検察を行ったり来たりしていて、なかなか時間が取れないんです。拘置所に移ってからのほうが、ゆっくり話せるんじゃないでしょうか」

それに、と弁護士は続けた。

「さっきもお父さんに会ってきたのですが、やはりあなたには会いたくないといっていました。合わせる顔がないということなんでしょう。今の段階では、逆に心理的な負担になるのかもしれません」

だから少し時間を置いたほうがいい、と堀部はいうのだった。

こっちの気も知らないで、と和真は不満だったが、堀部に当たるのは筋違いだ。わかりました、といって電話を切った。

喫茶店を出て、自宅に帰った。仕事のことが気に掛かるが、だからといって何かができるわけではなかった。昨日、打ち合わせをキャンセルした取引先に、詫びのメールを書いたぐらいだ。さほど難しい作業ではないのにうまい文章が思いつかず、小一時間ほどかかってしまった。

山上から電話がかかってきたのは、夕方の五時過ぎだった。着信表示を見て、胸騒ぎを覚えた。電話を繋ぎ、はい倉木です、といった。

「山上だ。今、ちょっといいかな」心なしか沈んだ口調に聞こえた。

「はい、何でしょうか」

「体調が悪いという話だったけど、今はどうだ？　明日は会社に出てこられそうかな」

「あ……はい、たぶん大丈夫だと思います」

「そうか。だったら、いつもより一時間ほど早く出勤してもらえないだろうか」

「一時間……ですか。構いませんけど」

「悪いな。じゃあ、そういうことでよろしく」

山上が電話を切ろうとする気配を察し、課長、と声を発した。「何か重大な用件があるんじゃないですか」

和真の問いかけに上司は沈黙した。勘が当たったようだ、と確信した。いや、ふつうに考えれば誰でも思いつくことか。

倉木君、と山上が改まった声で呼びかけてきた。「これから少し時間はあるかな」

待ち合わせ場所にあれこれ迷った挙げ句、山上に部屋まで来てもらうことになった。会社の近くなどで会って、社内の人間に見られたくないと山上がいったからだ。

話の内容は想像がついていた。だから昨日堀部が座っていた椅子に腰を落ち着けた山上が、「用件というのはほかでもない。君のお父さんのことだ」と切りだしても、動揺はしなかった。

「警察から連絡があったのですか」

「いや、警察からは何もない。総務部のほうからいってきたんだ。倉木君の父親が逮捕されたという事実を把握しているか、と」

「総務部？」

なぜそんなところから、と訝しんだ。

「その様子からすると、君は知らないようだな」

「何をですか」

「うん……何といったらいいかな」山上はテーブルの上で両手の指を組み、唇を舐めた。

言葉を選ぶのに苦慮しているように見えた。「じつは今日の昼間、会社に奇妙な電話がかかってきたそうだ。おたくの会社に倉木和真という社員はいるか、というものだった。もちろんオペレーターは、そういう問い合わせには応じられないと答えた。すると相手は、なぜ答えられないのかと訊いてきた。個人情報だからだとオペレーターがいうと、殺人犯の息子だからじゃないのか、と相手はいったらしい。間もなく電話は切れたそうだが、驚いたオペレーターは上司に報告した。上司から総務部に連絡が入り、総務部が調査を行った。そしてすぐに君の父親と思われる人物が殺人容疑で逮捕されたという事実を摑んだ。さらにそれと同時に、君の名前がインターネット上に出回っていることも判明した」

「僕の名前が？」思わぬ展開に和真は当惑した。「どうしてですか」

「発端はＳＮＳだ。君のお父さんが逮捕されて間もなく、これはうちの近所に住んでいる男だと発信した者がいた。すると誰かが、逮捕された人物の住居や息子がいることを明かした。やがて、その息子の高校時代の写真と名前がネット上にアップされた」

えっ、と思わず声を漏らした。「本当ですか」

「残念ながら本当だ」

「……今、確認してもいいですか」

うん、と山上は頷いた。

和真は手元にあったスマートフォンを操作し、自分の氏名で画像検索を行った。いきなり表示された画像に、目眩がしそうになった。卒業アルバムを接写したと思われる、高校時代の和真の顔だった。

「冗談じゃない……」

「そういう時代なんだよな」山上は気の毒そうにいった。「そうなってしまうと、情報は果てしなく拡散する。それを目にした人間の中に、君に関する詳細を探ろうとする者がいたんだろうな。あるいは、たまたま君の進学先や就職先を知っていた誰かが情報を流したか。そしてそれを目にした別の誰かが、うちの会社に問い合わせの電話をかけてきた――おそらくそんなところだろう」

和真はため息をついた。「何てことだ……」

「君は、お父さんが逮捕されたことを昨日知ったのか」

「弁護士の先生から連絡があったんです。すみません。あの時点ではどう説明していいかわからなくて……」

「君が動転したのも無理はない。ただ問題は、これからどうするかだな」

「それについては、情状酌量を狙うしかないと弁護士さんは……」

「いや、私がいってるのはそういうことではなくて」山上は小さく右手を振った。「会社のことだ。仕事の話だよ」

「あ……そうですよね。すみません」

裁判の行方など、会社や山上には関係のないことだった。

和真は背筋を伸ばし、上司の顔を真正面から見つめた。

「逆にお尋ねしたいのですが、僕はどうすればいいでしょうか。今後も会社には置いていただけるのでしょうか」

山上は背筋を伸ばし、小さく首を縦に動かした。

「君が逮捕されたわけではないから、クビになるとか、そういうことは考えなくていい。ただ、今まで通りというわけにはいかないかもしれない」

「といいますと……」

「総務部から連絡が来た後、役員らと君の今後の処遇について話し合った。一度出てしまった情報を完全に消すことは不可能だろうから、君に関して外部から問い合わせがあったり、何かいわれるかもしれない。当分の間、表に出なくて済む仕事に回ってもらったほうがいいんじゃないか、ということになった」

「配置転換……ですか」

「一時的に、だよ。どんな影響が出てくるか、全然予測できないからね。案外、時間が経てば何事もなかったようになるのかもしれない。そうなれば戻ってくればいい」

「どこの部署に移るんですか」

「それはこれから各部署と調整する予定だ。で、それが決まるまでの間、休暇を取ってくれないか。とりあえず二週間ほど」

「そんなに……」

じつはね、と山上は気まずそうに口を開いた。

「どんなふうに話が漏れたのかは不明だが、社内でも噂が広がりつつある。社員たちの動揺を少しでも早く鎮めたい、と社長がおっしゃってるんだ」

「僕が出社したら、仕事どころじゃなくなると……」

うんまあ、と山上は細かく頷いた。「そんなところだ」

「では、明日はどうすれば？　さっきの電話では、いつもより一時間ほど早く来るように、ということでしたけど」

「それはもういい。休暇の手続きは、こちらで済ませておくから」

和真は唾を呑み込み、顎を引いた。「わかりました」

山上はさらに何かいいたそうな顔を見せた後、「じゃあ、そういうことで」といって腰を上げた。

和真も立ち上がり、頭を下げた。「御迷惑をおかけして、申し訳ありません」

山上が深く呼吸する音が聞こえた。それにしても、と上司はいった。「お父さん、どうしてそんなことをしてしまったんだ？　金銭トラブルか？」

「あっ、いえ……」

和真がいい淀むと山上はあわてた様子で手を横に振った。

「いやいや、答えなくていい。すまなかった」

そして和真の肩を二度叩くと、「また連絡するから」といい残し、逃げるように部屋を出ていった。

上司を見送った後、和真はスマートフォンを手にした。自分に関してどんな情報が拡散されているのか、気になったからだ。だがそんなことを調べたところで何のメリットもないのは明らかだった。良いことなど書いてあるわけがなく、気持ちが落ち込むだけだろう。

ネットに接続したい気持ちを抑えてスマートフォンを置こうとした時、メールが届いていることに気づいた。確かめると同期入社の雨宮雅也《あめみやまさや》からだった。タイトルは『雨宮です』だった。和真が社内で最も親しくしている男で、たまに二人で飲みに行くこともある。じつは昨日からメッセージが届いていることには気づいていた。一向に既読にならないからメールを送ってきたのかもしれない。

開けてみると次のような文面だった。

『いろいろと聞いた。力になれることがあればいってくれ。返信は不要。身体に気をつけてください。雨宮』

和真は数分考えた後、『ありがとう。』とだけ書いて送信した。

15

永代通りに面した自転車店では、父親らしい男性に連れられた少年が、青いフレームの自転車に跨《また》がっているところだった。二人に説明しているのが、店主の藤岡《ふじおか》らしい。小柄だが、がっしりとした体格をしている。年齢は五十歳前後か。灰色の作業服を着ていた。

五代は店内に並べられたカラフルな自転車を眺めながら、彼等のやりとりが終わるのを待った。時折藤岡が、ちらちらとこちらに視線を向けてくる。

親子連れが去ると、愛想笑いを浮かべた藤岡が近づいてきた。「お待たせしました。自転車をお探しですか」

五代は苦笑し、上着の内側に手を入れた。

「申し訳ないんですが、こういう者でして」警視庁のバッジを見せた。「藤岡さん、ですね」

藤岡は口を半開きにして五代の顔を見ると、はあ、と間の抜けた声を発した。

「少し話を聞かせていただけませんか。門前仲町にある『あすなろ』のことです」

藤岡は何度か瞬きしてから頷いた。「ああ……いいですよ。じゃあ、こちらにどうぞ」

店の奥に丸椅子が二つあった。そこに腰掛けてから、五代は一枚の顔写真を藤岡に見せた。「この人物を御存じですか」

写真を目にした瞬間、藤岡の頬がぴくりと動いた。「倉木さん……ですね」

そうです、といって五代は写真をしまった。「逮捕されたことは？」

「聞きました。びっくりしました」藤岡は息を整えるようなしぐさを見せた。「でもあれ、本当なんですか」

「何がですか？」

「だからその、倉木さんが人を殺したってのがです。何かの間違いじゃないんですか」

五代は薄い笑みを浮かべた。「どうしてそう思うんですか」

「だって、考えられませんから。穏やかで、良い人ですよ。酒の飲み方は奇麗だし、大きな声を上げたこともない」

五代は手帳とペンを出した。

「藤岡さんは倉木容疑者とは、『あすなろ』で、かなり親しくしておられたとか」

「かなりかどうかはわからないけど、わりと親しかったです。こっちも一人で行くことが多かったから、よくカウンターで並んで飲みました」

「二人でどんな話をしていたんですか」

「どんなって、そりゃいろいろですよ。世間話とか、政治の話とか。最近じゃ、病気や健康の話が多かったかな。この歳になると、それが一番盛り上がるんでね」

倉木について訊かれること、つまり殺人犯と親しかったと思われていることが、藤岡は迷惑そうではなかった。むしろ倉木の真人間ぶりを積極的にアピールしているようにさえ思えた。

「野球の話なんかはどうですか」

「野球？　ああ、それもよくやりますね。倉木さんはドラゴンズのファンで、こっちは巨人。スマホで試合結果を見ちゃあ、勝った負けたで一喜一憂するんです」

「倉木容疑者は球場で観戦することもあったようですが、そんな話を聞いたことは？」

「観戦？　ああ、そういえば一度聞いたなあ。初めて東京ドームに行くとか」

「いつ頃ですか」

「今シーズンが開幕した頃じゃなかったかなあ」

倉木の供述と一致する。どうやら倉木が野球観戦に行ったのは間違いなさそうだ。

「球場で何か変わったことがあったとか、聞いてませんか」

「変わったことって？」

「誰かと会ったとか、何かを落としたとか」

五代の問いかけに、いやあ、と藤岡は首を傾げた。

「そんなやりとりがあったのは、倉木さんが東京ドームに行く前日です。翌日、倉木さんは名古屋のほうに帰っちゃいました。次に会ったのは、それから何か月も後だったから、もうその話はしませんでしたね」

そういうことかと五代は失望する。倉木と白石の接触を、ここでも確認できない。

すみません、と表のほうから女性の声がした。中年女性が店先に立っている。

「ああ、どうも」藤岡が立ち上がり、駆け寄っていった。店内に置いてあった自転車を渡している。修理を頼まれていたようだ。

レジスターで会計を処理し、女性客を見送った後、藤岡は戻ってきた。「まだ何か訊きたいことがありますか?」

「『あすなろ』での倉木容疑者の様子を教えていただきたいんですが」

「様子って……別にふつうですよ。誰かに絡むことはないし、いつも静かに飲んでいます」

「あの店は女将さんと娘さんでやってますよね。二人と倉木容疑者は、どんな感じですか」

「どんな感じといわれても……」

「たとえば倉木容疑者は浅羽織恵さんに好意を持っていたようだった、とか」

藤岡は、うーんと唸ったが、意外な質問だとは思っていないように見えた。

「織恵ちゃんは美人だし、お似合いだと思いますよ。でも倉木さんのほうはどうかな。歳が離れているからか、女としては見てなかった、というか、見ないようにしていたように思いますけどね」

妙な言い方が気になった。

「倉木さんのほうは、とはどういうことですか？」

「いや、その……」藤岡は額に手を当てた。「こんなこと、いっちゃっていいのかな」

「あなたから聞いたとは誰にもいいません。話してください」

藤岡は、うーんともう一度唸り、口元を手の甲でぬぐってから、なぜか周りを見回した。

「私の印象だと、織恵ちゃんのほうが倉木さんに惚れていたように思うんです」

「織恵さんが？」

「そう思ってるの、たぶん私だけじゃないですよ」藤岡は声をひそめて続けた。「ほかの客にも、そんなことを噂してるのがいました」

「織恵さん本人に確かめたことは？」

「あるわけないじゃないですか。刑事さん、これ、私がいったってことは本当に内緒にしておいてくださいよ。お願いしますからね」

藤岡が早口でいうのを聞きながら、五代は浅羽母娘の顔を思い浮かべていた。客たちが噂するぐらいだから、洋子が娘の気持ちに気づいていないわけがない。だが先日五代が会いに行った際には、あの母娘はそんな気配を微塵も示さなかった。刑事相手に恋心を告白する必要などない、ということか。

この世の女は全員名女優――改めて思った。

16

達郎が起訴されたことを報告しに堀部がやってきたのは、前回の訪問から六日後のことだった。達郎の身柄はすでに東京拘置所に移されたという。本人は落ち着いていて、裁判のことはすべて任せると堀部にいっているらしい。

「すでに起訴状は入手しています。内容を確認しましたが、これまでに達郎さんが話してきた内容に沿ったものになっています。達郎さんも目を通されたようで、記載してあることに間違いないと認めています」堀部は丁寧な口調でいった。

「事実関係では争わない、という話でしたものね」和真は言葉に力が入らない。胸には諦めの気持ちしかなかった。

「基本的にはそうです」

「つまり裁判は形式的なものだと……」

堀部は表情をやや険しくして首を振った。

「そんなことはありません。それでは検察のいうがままの判決が出てしまいます。こちらとしては有罪を認めた上で、極力減刑を目指さねばなりません」

「そうはいっても、父はすべてを認めているわけですよね。たとえば、どんなところを争うんですか」

堀部は自分のノートを広げた。

「まず重大な点は、計画性です。犯行がどの程度に計画的なものだったかは、量刑に大きく影響します」

「いや、でも」和真は記憶を辿った。「前に聞いた話では、父は相手の人を殺すつもりで上京してきたわけですよね。犯行場所も決めて、そこへ呼びだしたんじゃなかったですか。それならどう考えても計画的だと思うんですけど」

「おっしゃる通りです。起訴状にも、そのように記されています」

「だったら、争いようがないんじゃ……」

堀部は眼鏡に手をやり、何度か頷いた。

「たしかにそうなんですが、達郎さんの話をよく聞いてみると、微妙な部分もあるわけです。たとえば隅田川テラスでの達郎さんと白石弁護士のやりとりです。白石さんが、こんなところで何をするのか、浅羽さんたちのところへ行くのではないのか、と責めるように訊いてきて、そのきつい口調が決断を誘発したといっています。決断を誘発――いかがですか。つまり、その直前までは決断していなかった、ということになるのではありませんか。殺すしかないと思いつつ、じつは迷っていたとなれば、ずいぶんと印象は違ってきます」

ああ、と和真は声を漏らした。「なるほど。でも、凶器を用意しているわけだから……」

「その点についても、弁解の余地はあります」堀部はノートのページをめくった。「犯行に使われたナイフは、アウトドア用の折り畳みナイフです。量販店でも取り扱っていますし、通販でも入手可能だそうです。ずいぶん昔に買ったもので、達郎さんは店を覚えてないといってるんです。実際警察は、入手先を突き止められていません。つまり犯行のためにわざわざ購入したわけではない、ということです。衝動的に犯行を思いつき、家を出る時に手元にあったナイフを無我夢中で懐に忍ばせたと考えるのが妥当です。いかがです？　計画性がなかったとはいえませんが、周到に練られたという感じではないでしょう？」

「そういわれれば、たしかにそんな気もしますけど……」

「白石さんから責められ、切羽詰まった思いで上京した。いざとなったら殺すしかないと思い、ナイフを持って出た。でもできれば話し合いで解決したかった。その余地がわずかでもあることを祈ったが、白石さんの態度に絶望し、やむをえず犯行に及んだ――裁判ではそのように主張したいと考えています」

流暢《りゅうちょう》に語る堀部の口元を見て、和真は不思議な生き物を目にしているような気になった。初めて事件の内容を聞いた時には、なぜそんな馬鹿なことをしたのかと思ったが、今のように説明されれば、少しは合点がいくような気がする。

さすがは弁護士だ、と改めて思った。

「反省の態度も重要です」堀部は続けた。「警察や検察で素直に取り調べに応じていることは前にもいいましたが、それ以前に達郎さんは、刑事の二度目の訪問で、早々に自白しています。嘘をついて切り抜けようとした形跡は一切ないんです。これは自分の罪を認め、反省していることの証左だと思われます。裁判員たちへの印象は悪くないはずです」

「でも検察は、違ったことを主張してくるんでしょう?」

「向こうはそれが仕事ですからね。身勝手で残虐な犯行だと強調してくると思います。時効になった過去の殺人事件についてどう考えているのか、本当に反省しているのなら白石さんの言葉に従うべきではないのか、といった点を突いてくるでしょう。検察での取り調べの際、達郎さん本人に問い質しているはずです。それについて本人がどう答えたかも裁判では争点になりそうな気がします。そのあたり検察の記録を精査してみないとわかりません。現在、記録の開示を検察に求めているところです」

堀部の話を聞いていると、裁判にはいろいろと戦略が必要なのだなという気がしてくる。和真は、よろしくお願いします、と頭を下げるしかなかった。

「でも一番の問題は、達郎さん本人です」堀部が意味ありげに声の調子を落とした。

「どういうことですか」

「裁判のことはすべて私に任せるといっておられるんですが、私を信頼しているというより、どうでもいいと思っているふしがあります。前向きでないというか、無関心というか、どこか投げやりなんです。情状証人になってくれそうな人を尋ねてみても、誰にも迷惑をかけたくないの一点張りで、日頃親しくしている人の名前を教えてくれません。無理してまで情状酌量を求めなくてもいい、なんてことをいいだす始末でね」

ため息交じりに堀部が話すのを聞き、和真は奇妙な思いを抱いた。達郎が逮捕されたと知った時から、愕然とする話ばかりを聞かされてきた。とても信じられなかった。だが今の達郎に関するエピソードだけは、あの父らしい、と思ったのだった。罪を犯したのだから罰を受けるのは当然、どんな罰であっても潔く受け入れる、と頑なに態度を変えない姿が目に浮かんだ。

「ところで、先日の件についてはいかがですか」堀部は傍らに置いた鞄にノートをしまいながら訊いてきた。「何か思い当たることはありましたか」

質問の意図がわからず和真が戸惑っていると、五月十五日のことです、と堀部はいった。

「毎年その日に、達郎さんが何か印象的なことをしていなかったか、という話です」

ああ、と和真は前回のやりとりを思い出した。

「すみません。考えてみたんですけど何も思いつかなくて……」

「やはりそうですか」堀部は息をつき、肩を落とした。「じつは本人にそれとなく尋ねてみたんです。昔の罪について、振り返ることはあるのですか、と。それに対する達郎さんの回答は、忘れたことはないし、いつも悔いている、というものでした。でも具体的に、供養や懺悔《ざんげ》といった行為をしていたわけではなさそうです」

「そうだと思います」

「まあいいでしょう。ところであなたのほうはいかがですか。会社は休まれているんでしたよね。ほかに何か変わったことはありますか」

「特には何も。マスコミも来ませんし……」

「警察が情報を出さないからでしょうね。殺害動機をどう発表するか、警視庁なりに悩んでいるんだと思います。愛知県警に気を遣っているんですよ。一九八四年に留置場で自殺した被疑者は、じつは冤罪だったなんてことになったら、県警は二重に失態を責められるでしょうからね。でも起訴したからには、何らかの発表はあるかもしれません。そうなれば内容次第では、マスコミが騒ぐことも大いに考えられます。彼等は遺族にさえも無神経な態度で取材しますから、少し覚悟をしておいてください」

遺族という言葉で頭に浮かんだことがあった。

「僕が謝罪に行ったほうがいいんでしょうか。遺族の方のところへ……」

堀部は首を傾げ、かすかに眉根を寄せた。

「現時点ではやめておいたほうがいいでしょうね。向こうは詳しいことを知らされていませんん。おそらく質問攻めに遭います。なぜあなたの父親は我が家の大黒柱を殺したのか、二人の間に何があったのか、とね。もちろん、それらの質問にあなたが迂闊《うかつ》に答えるわけにはいきません。詳しい話を何ひとつ聞けないまま、ただ謝られても、先方は苛立ちを募らせるだけです。まずは警察の発表を待ちましょう。遺族だけでなく、どの事件関係者とも接触は避けてください。わかりましたね？」

「はい……気をつけます」

では今日はこれで、といって堀部が立ち上がった。

「あの、先生……」和真も腰を浮かせた。「父には、まだ会えないんでしょうか」

堀部は神妙な顔つきになった。

「さっきもいいましたように、誰にも迷惑をかけたくないといい張っています。今のところ、あなたにも会う気はないようです。でも時間が経てば気持ちが変わるかもしれません。それまで待つしかない、としか申し上げられません」

「そうですか。じつは父に訊きたいことがあるんです。先生から尋ねてもらえますか」

「もちろんです。どんなことでしょうか」

「事件のこと……今回の事件ではなく、八四年に起こしたほうです。人を殺したことを、家族にも一生黙っているつもりだったのか、それともいつかは話すつもりだったのか、それを訊いておいてもらえますか」

堀部は鞄から筆記具を取り出しかけていた手を止めた。

「それは……なかなか鋭い質問ですね」

「でも、知っておきたいんです」

「よくわかります」堀部は頷き、手帳に何かを書き込んだ。

堀部が帰った後、和真は書棚から一冊のファイルを取り出した。ファイルには何枚かの書類が綴《と》じてある。古い新聞記事をネットで検索して見つけ、プリントアウトしたものだ。

ソファに腰を下ろし、内容を眺めた。一九八四年に起きた殺人事件に関する記事だ。何度も読んだから、内容はすっかり頭に入っている。

新聞記事では、東岡崎駅前金融業者殺害事件、という名称が使われていた。殺された灰谷昭造という人物は、『グリーン商店』という事務所の経営者だったらしい。事件発生直後の記事には、『仕事上の金銭トラブルがいくつかあったらしく、そのもつれによる犯行ではないかとみられている。』とあった。

その三日後、今度は有力な容疑者が見つかったことが報じられている。ただし、この時点では氏名は明らかにされていない。それが判明するのは、さらに四日後だ。『東岡崎駅前金融業者殺害事件の容疑者が署内で自殺』という記事で、福間淳二という名前が出てくる。

この出来事については、どの新聞も警察署の管理ミスばかり責めていて、事件については殆ど触れていない。せっかく捕まえた容疑者に死なれてしまい、事件の真相がわからなくなってしまった、という主張が目立つ。福間淳二が犯人だったかどうかを疑う発想はなかったようだ。

和真は腕組みをし、瞼を閉じた。記憶を可能なかぎり過去まで遡らせた。最初に頭に浮かんだのは、トラックから荷物を下ろしている光景だった。達郎が安城市篠日に建てた一戸建て住宅に引っ越した日のことだ。和真が小学生になるよりずっと前だ。転校させるのはかわいそうだから、家を建てるなら和真が小学校に上がる前にしようと両親が話し合って決めた、と後から聞かされた。

引っ越す前は岡崎駅のそばに住んでいたようだ。ようだ、というのは地理に関する明確な記憶がないからだ。古い二階建てのアパートだった。狭い部屋で母と一緒に布団に入っていたことは、ぼんやりと覚えている。

アパートのそばに月極駐車場があった。そこに我が家の車が止められていた。車種に関する記憶は曖昧だ。というのは、達郎はしょっちゅう車を買い換えていたからだ。車種は変わっても、色はいつも白だった。白にすれば車検の時に安く済む、という理由からだった。もっとも、実際に安かったのかどうかはわからない。

とにかく達郎は白い車に乗っていた。駐車場には屋根がなく、しかもめったに洗わないので、いつも薄汚れていた。その車で会社に通っていた。堀部の話によれば、達郎は通勤途中で事故を起こしたらしい。相手は自転車に乗っていた灰谷昭造だった。灰谷は怪我の治療費を要求するだけでなく、達郎に事務所への送り迎えを命じた。達郎の勤務先は大手自動車メーカーの子会社で、社員が人身事故を起こせば退職時まで査定に響くといわれていた。灰谷はそのことを知っていたから、無理難題をふっかけてきたのだ。

とうとう堪忍袋の緒が切れた達郎は、事務所に置いてあった包丁を手にして脅したが、灰谷は一向にひるまず、刺せるものなら刺してみろと挑発した。かっとなった達郎は、気づくと灰谷を刺してしまっていた――。

和真は目を開けた。立ち上がり、キッチンへ行って水道水をコップでひと飲みした。

たった今、自分が思い浮かべた光景を振り返った。

どう考えても、達郎の行動とは思えなかった。達郎は頑固だが、いくら頭に血が上ったからといって、自分を見失うような人間ではない。

それとも当時は、まだそういう激しやすい性格だったということか。そしてその事件をきっかけに反省し、人柄が変わったのだろうか。

いやそんなはずはない、と即座に却下した。和真が子供の頃、母親の千里から聞いたことがあった。お父さんは誰にでも優しく親切で、時にはお人好しすぎるといわれるけれど、そういうところが好きで結婚したんだ、と。そんな人間なら、そもそも包丁で脅すという発想自体がないのではないか。

今回の事件にしてもそうだ。やはり納得できなかった。何から何まで、達郎の性格を考えれば、あり得ないことばかりだ。過去の罪を反省しているのなら、生きているうちに冤罪で苦しんだ母娘に真実を告白すべきだ、と白石弁護士に諭されたらしいが、そんなことは人からいわれなくてもわかっていたはずだ。指摘されたからといって動揺するわけがない。白石弁護士が母娘に何もかも話すというのなら、それはもう仕方がないと観念するのが、和真の知っている達郎という人間だ。

何かがおかしい、と和真は思った。達郎は本当に真実を話しているのだろうか。

しかし一連の話の中に、達郎らしいと思えるエピソードが全くないわけではない。たとえば浅羽という母娘への対応だ。冤罪で自殺した福間淳二の遺族のことを心配し、居場所を突き止め、陰ながら応援していたというのは、大いに首肯できる話だった。

会ってみたい、と和真は思った。その浅羽という母娘に会って、達郎とはどんなふうに接していたのかを訊いてみたかった。

そんなことを考えているとスマートフォンに着信があった。堀部からだった。先程はどうも、と前置きしてから弁護士は続けた。

「今回の事件について、警察がマスコミに情報を流した模様です。すでに報道機関は動いているようです。ニュース番組やネットをチェックしてみてください」

電話を切った後、和真はテレビをつけ、スマートフォンで速報を調べた。間もなくインターネット上に、『時効になった事件の隠蔽目的で殺人』という記事があるのを見つけた。民放のニュース映像がアップされていた。

17

スマートフォンの画面の中で、女性のアナウンサーが深刻そうな顔つきで話し始めた。

「先月初め、港区の路上に放置された車内で弁護士の白石健介さんの遺体が見つかった事件に関し、殺人罪で起訴された倉木達郎被告が、時効になった過去の事件について暴かれるのを避けるために刺し殺した、といっていることが捜査関係者への取材で明らかになりました。倉木被告は過去の罪の償い方について、予《かね》てより親交のあった白石さんに相談したところ、すべてを明らかにするのが誠意ある態度だといわれ、このままでは周囲に過去の事件のことを暴露されると恐れ、犯行に及んだといっている、とのことです――」

五代は吐息を漏らした後、椅子の背もたれに掛けた上着のポケットにスマートフォンを戻した。十二月だというのに、店内は蒸し暑い。炭火がすぐそばにあるからだろうか。

「上の連中、よりによって中途半端な情報を流したもんだ」五代は自分と中町のグラスにビールを注《つ》いだ。「まるで靴の上から足を掻いているようだ」

「中途半端って、時効になった事件の詳細を明かしていないことですか？」そういって中町が枝豆を口に放り込んだ。「たとえ被告人でも、プライバシーは極力守られなきゃいけないっていう理由らしいですけど」

五代たちは門前仲町にある炉端焼きの店で、カウンター席についている。今回の事件がきっかけで知った店だが、すっかり馴染みになった。今夜も、別の聞き込みに回っていた中町に声をかけ、息抜きをしに来たのだった。

「それは表向きの理由だろ。本当のところは愛知県警への配慮だ。隠したくなるのはわかるけど、あんな半端な情報じゃ逆効果だ。却って世間の好奇心を刺激するってことに気づかないのかねえ」

「でも公表するわけにはいかないでしょう。自殺した被疑者が冤罪だったなんて」

五代は周囲に視線を走らせた後、右隣にいる中町の脇腹を肘でつついた。「壁に耳あり、だぜ」

「あっ、すみません」

「なるべく隠しておきたいというのがお偉方の本心なんだろうけど、どっちみち公判が始まれば明らかになる。何しろ今回の事件の肝になるところだからな」

「裁判じゃ、浅羽さん母娘も証人として呼ばれるんですかね」

「どうかな。検察としちゃあ、倉木に恋愛感情があったことを摑めない以上、あの母娘から引き出さなきゃならない証言はない。あの母娘を呼ぶとしたら……弁護側か」

えっ、と中町が声を漏らした。「何のために？」

「もちろん、情状酌量を求めるためだ。倉木がいかに真面目な人間かってことを、二人に証言してもらうんだ」五代は焼き椎茸に生姜醬油をつけ、齧《かじ》った。

「証言しますか？　自分の夫や父親が、倉木のせいで自殺したっていうのに」

「問題はそこだ。自殺したのは倉木のせいか？　違うだろ？　早とちりして逮捕した、当時の捜査陣のせいじゃないのか？　実際、洋子さんは警察嫌いを公言している」

「でも倉木が自首していたら、冤罪もなかったわけだし……」

「それはそうだが、洋子さんはともかく織恵さんのほうは、そんなふうには思わないかもしれない」

五代が声のトーンを落としたことに感じ取るものがあったのか、中町が顔を寄せてきた。

「浅羽織恵さんのことで、今日もまた何か摑んだんですか」

織恵が倉木に恋愛感情を抱いていたらしいことは、中町にも教えてあった。

「『あすなろ』の常連に不動産屋の親父がいる。浅羽さん母娘とは二十年来の付き合いだそうだ。その親父から面白い話を聞いた。一年ほど前に倉木から、東京のマンション相場を訊かれたらしい。家賃だけでなく、生活費とか税金についても尋ねられたとか。上京する気なのかと訊いたら、まだそこまでは考えていないけれど一応知っておきたかった、と答えたそうだ」

「へえ、どこまで本気だったんですかね」

「死ぬまで浅羽さん母娘への償いを続ける気なら、東京に住んだほうが便利だ。わりと本気で検討していた可能性はある。だけど本当に面白いのは、ここからだ。倉木がいない時、不動産屋がその話を織恵さんにしたら、えらく興味を示したというんだ。倉木さん、上京する気なんだろうか、するとすればいつ頃なんだろうって、若い娘みたいに嬉しそうにはしゃいでたそうだ。その様子を見て、やっぱり倉木さんに惚れてるんだなと確信したってさ」

「じゃあ、決まりですね。異性として好意を抱いてたのは織恵さんのほうか。なるほどそれなら、彼女が弁護側の証人に立つこともあり得るのかな」

「可能性は低いがゼロではない」

瓶ビールが空になったので酒を変えることにした。五代は女性店員を呼び止め、芋焼酎のロックを注文した。

「その不動産屋の親父、付き合いが長いというだけあって、あの母娘について詳しかった。さすがに洋子さんの亭主が留置場で自殺したことは知らなかったが、織恵さんが結婚した時のことは覚えていた。それどころか織恵さんの結婚相手を知っている、店で会ったこともあるとさえいうんだ」

「いつ頃ですか」

「十五、六年前だといってたな」

芋焼酎が運ばれてきた。五代はロックグラスを摑み、左右に軽く振った。大きな氷がからからと鳴るのを聞きながら、不動産屋の話を思い出した。

相手の男は財務省に勤めてましてね、おまけに悔しいぐらいの二枚目でした――太った親父は憎々しげにいった。

「織恵ちゃんは今でも奇麗だけど、その頃は何しろ二十代半ばだ。あの子目当てで来てる客は多かったと思いますよ。だから結婚すると聞いた時には、所帯持ちの私でさえ大いにがっかりしました。でも、仕方がなかったんですよね。その時すでに、織恵ちゃんのお腹には赤ちゃんがいましたから。所謂《いわゆる》、できちゃった婚ってやつでした」

織恵の結婚後の二年間は、洋子はアルバイトを雇ったりしながら『あすなろ』を切り盛りしたらしい。子供を預けられるようになると、毎日ではないが、織恵は再び店を手伝えるようになった。その頃の様子を不動産屋の親父は、幸せそうだった、と表現した。

「小さい息子さんがかわいくて仕方ないみたいでね、走ったとか、ボールを投げたとか、言葉をしゃべったとか、嬉しそうに話してました」

そこまでしゃべった後、不動産屋は顔を曇らせた。

「だけど、わからんもんですよ。それから何年かして、気がついたら毎日織恵ちゃんが店にいる。家のほうは大丈夫なのかって訊いたら、じつは別れましたっていうじゃないですか。驚きましたね。幸せな家庭生活を送っているとばかり思ってましたから。結局、結婚してたのは五年ぐらいじゃなかったかな」

離婚の理由は尋ねなかったし、今も知らないらしい。

五代は浅羽母娘の部屋で見た、織恵と少年の写真を思い出した。あれはいつ頃のものなのか。

息子という共通点からか、不意に倉木和真の顔が頭に浮かんだ。父親が起訴されたことを、今頃は聞いているかもしれない。

上京し、一流企業に就職した彼には、明るい未来が拓《ひら》けているはずだった。だが今回の事件で、すべてが暗転したのではないか。彼が進まねばならない茨《いばら》の道を想像するだけで、五代は気持ちが重たくなった。グラスの中の焼酎を、ぐいと口に流し込んだ。

18

インターホンのチャイムで目が覚めた。時計を見ると、午前九時を過ぎたところだった。頭がぼうっとする。昨夜、眠りについたのは午前三時以降だ。

嫌な予感を抱きながらベッドから出た。こんな時間に訪ねてくる人間に心当たりがなかった。宅配便が届く予定もない。

モニターを見ると、口髭《くちひげ》を生やした男性が映っていた。年齢は四十歳ぐらいか。ジャケットを羽織っているが、ネクタイは締めていない。

和真は訝しみつつ、受話器を取り上げた。「はい」

「朝早く申し訳ありません。折り入ってお話ししたいことがあり、直接訪ねさせていただきました。ほんの少しで結構ですから、お時間をいただけませんか」男の声は重々しく、口調は丁寧だった。

どきりとした。ついに来るべき時が訪れたのだろうか。

「どちら様でしょうか」尋ねる声が少し震えた。

「ナンバラといいます。詳しい自己紹介はお会いしてからさせていただきたいと思います。用件というのは――」男は少し間を置いてから、お父さんのことです、と続けた。

テレビ関係者か新聞記者か。いずれにせよ、マスコミだ。和真は困惑した。このまま会話を続けるのはまずかった。相手はオートロックの共用玄関の前にいる。そんなところで長々と粘られたら、管理人やほかの居住者に訝られるだろう。やりとりを聞かれるのも避けたい。

仕方なく、解錠のボタンを押した。部屋に入れる気はない。ドアの外で話そうと考えた。相手はどんなことを訊いてくるだろうか。堀部からアドバイスされたことを反芻しながら待ち受けた。悪口を書く材料を与えぬよう注意せねば、と思った。

チャイムが鳴った。和真は深呼吸をしてから玄関に向かった。ドアロックを掛けたまま鍵を外し、ドアを開けた。開いた隙間は二十センチほどだ。その隙間から相手が覗き込んでくることを和真は予想した。

しかし訪問者は、そうはしなかった。ドアから少し離れて立っているらしく、姿が見えなかった。

「お気持ちはよくわかりますから、このままの状態で話せということでしたら従います」感情を押し殺した声で男はいった。「しかしほかの住民の方が通りかからない保証はなく、会話の一部が耳に入ってしまうことは大いに考えられます。私は構いませんが、あなたがお困りになるのではないですか？　部屋に上がり込むつもりはありません。せめてドアの内側に入れていただけると、お互い気兼ねなく話せると思うのですが」

冷徹という表現がぴったりの口調は、下手な脅し文句よりもはるかに強い圧力を感じさせた。悔しいが説得力もあった。和真は一旦ドアを閉めた後、ドアロックを外し、改めてドアを開けた。

肩にショルダーバッグを提げた男が、恭《うやうや》しく頭を下げた。「突然申し訳ありません」

どうぞ、と和真はいった。ぶっきらぼうにならないよう気をつけたつもりだが、相手にどう聞こえたかはわからない。

男は入ってくると、靴脱ぎに立ったまま名刺を出してきた。南原という名字で、肩書きは『記者』だった。

「フリーで仕事をしています。倉木達郎さんが起訴された件について取材をしたいと思い、御迷惑を承知で伺いました。達郎さんは、あなたのお父さんですよね」

「そうですけど、どうして僕のことやこの場所を御存じなんですか？」

南原は髭の下の口元をかすかに緩めた。

「倉木被告が逮捕されて間もなく、あなたの名前もネット上で取り沙汰されるようになっていました。今の時代、ほんの少し人脈を駆使すれば、SNSで名前が挙がっている人物の住所を調べることなど難しくありません。でも、どうやら私が一番乗りのようですね」

和真はため息をついた。「何が訊きたいんですか」

南原はショルダーバッグから小さなノートとボールペンを出してきた。「お父さんが逮捕されたことは、いつ知りました？」

「先週です」

「誰から聞いたんですか」

「弁護士の先生から連絡がありました」

「弁護士さんとは直接お会いになったのですか」

「電話があって、その後、会いました」

南原はノートを開き、ペンを構えた。

「お父さんが犯行に至った経緯などを聞いて、どう思いましたか」

「そりゃあ驚きました。ショックだったし、信じられませんでした」

「被害者の白石さんという方は御存じですか」

「僕は知りませんが、大変申し訳なく思っています。御遺族の皆さんには、父に代わってお詫びしたいです」

ふむ、と南原は小さく頷いた。ノートに視線を落とさず、和真の顔を見つめた状態でボールペンを走らせている。器用なものだな、と頭の隅で思った。

「今、弁護士さんの話を聞いて信じられないとおっしゃいましたが、具体的には、どの部分が信じられませんでしたか」

「どの部分って……全部です。父が殺したっていうこともそうだし――」

「動機も？」南原が質問を被せてきた。

はい、と和真は答えた。

「動機については、どんなふうに説明されましたか」

それは、といいかけたところではっとした。余計なことは話さないよう、堀部から釘を刺されていたのを思い出した。

「すみません。事件に関することは、お話しできません。今後の裁判に関わってきますので」

「なるほど」予想通りの対応だったらしく、南原は平然としている。「警察の発表によれば、お父さんは、すでに時効になっている過去の事件のことを隠したくて白石弁護士を殺害した、ということです。この件について、あなたが聞いた内容と矛盾している部分はありますか」

「それは……ないように思います」

「その過去の事件について、あなたは以前から御存じでしたか？」

「申し訳ないのですが、そういった御質問にもお答えするわけにはいきません。どうか御理解ください」和真は頭を下げていった。

「先程、今回の事件の遺族に詫びたいとおっしゃいましたが、過去の事件の遺族に対してはどうですか。やはり詫びる気持ちはありますか」

「それは、はい、もちろん」反射的に答えた。

南原の口元が緩んだように見えた。その瞬間、和真は自分がミスをしたことに気づいた。警察からの情報では、「時効になっている過去の事件」というだけで、殺人事件とは特定していない。しかし今の和真の発言は、そのことを認めたも同様だった。見事に誘導に引っ掛かってしまったのだ。

「事件に関する質問には答えられないということなので、少し違う角度からお尋ねします。時効というものについては、個人的にどうお考えですか」

「どうって……」

「現在、殺人罪に時効はありませんが、以前はありました。何年だったか、御存じですか」

「十五年……じゃないんですか」

「二十五年に延長された時期もあったのですが、それはこの際いいでしょう。では時効が廃止されたことについてはどう思いますか。賛成ですか？　それとも、やはり残しておくべきだったでしょうか」

この質問の意図は何だろう――和真は南原のすました顔を見つめながら考えを巡らせたが、相手の真意は読めなかった。

「それはやはり賛成です。廃止されるべきだったと思います」

無難に答えたつもりだった。

記者が、じっと見つめてきた。「なぜですか」

「だって、罪を犯したのだから、償わなければなりません」

「なるほど。時効などで償いを免除すべきでないと？」

「ええ、まあ……」

「すると、お父さんが過去に犯した罪についての償いは終わっていない、そう思っておられるわけですか？」

「あっ、それは……」

「その考えに基づけば、過去の事件と今回の事件と合わせて、罪の重さは二倍になったことになります。裁判でも、あなたはそのように証言するおつもりですか」

畳みかけての質問に、和真は混乱した。どう答えていいのか、わからなくなった。

黙り込んでいると、倉木さん、と南原がいった。

「突然の質問に戸惑われたのも無理はありません。一旦、白紙にしましょう。今後のことを考えて、慎重にお答えになってください。時効になった過去の事件については、お父さんの償いは済んでいると思いますか」

堀部の言葉を思い出した。過去は一旦リセットされていると思ってもらえるかどうかが分かれ道、と弁護士はいっていた。

和真は空咳《からぜき》をひとつしてから口を開いた。「そうですね。済んでいる、と思いたいです」

「その理由は？　現在はともかく、当時は十五年という時効があったから、ということでよろしいでしょうか」

「そう……ですね」答えながら和真は不安になった。こんなことを発言してよかったのか。

ありがとうございます、と南原は満足そうにいった。

「ここまで話したんですから、その過去の事件について、もう少し教えてもらえませんか。あなたが何歳ぐらいの時に起きた事件ですか」

「いや、それは、あの……勘弁してください。弁護士の先生からも口止めされているので」

「隠していても、いずれは明らかになります。そうなってからより、あなたの口から話したほうが世間からは誠実に映ると思いますが。やっぱり深く反省しているんだなと」

南原は言葉巧みだった。つい、そうなのだろうか、と心が動きそうになる。

すみません、と和真は頭を下げた。「そろそろ、このあたりで終わりにしていただけませんか」

「では最後に一つだけ。あなたにとって倉木被告とは、どんな父親でしたか？」

「どんな……」和真は口の中で呟いてから続けた。「頑固で厳しいところもあったけれど、優しくて、真面目で、誠実な父親でした」

「素晴らしい人物ですね」

「尊敬できる人間だと思っていました」

「でも人間だから、いつも完璧ってことはないでしょう？　あの頃はちょっと荒れてたな、なんていう時期もあったんじゃないですか。あるいは逆に、落ち込んでいたとか」

「ああ……元気がない時期はありました」

「いつ頃ですか？」南原の目が光ったようだ。

「定年退職の直前です。寂しそうでした」

途端に南原の表情が冷めたものになった。メモを取ることなく、どうもありがとうございました、といって筆記具をバッグにしまい始めた。その様子を見て、達郎が過去に事件を起こした時期を推定したかったのだなと気づいた。

南原が立ち去った後、和真は堀部に電話をかけた。どうかしましたかと訊かれたので、フリーの記者が来たことを話した。

「余計なことは話さなかったでしょうね」

「そのつもりだったんですけど、誘導に引っ掛かってしまいました」

和真は南原とのやりとりを詳しく話した。相槌《あいづち》を打つ堀部の声は、徐々に重くなっていくようだった。

「たしかにミスですね。相手は、人を殺してまで隠したい罪なのだから、過去の事件とはおそらく殺人罪だろうと見当はつけていたと思います。そこで遺族という言葉を使って鎌をかけてきたわけです」

「それにまんまと引っ掛かってしまいました。すみません」

「でもそれ以上に大きなミスは、その後、殺人罪の話に付き合ってしまったことでしょうね」

「えっ、どういうことですか」

「遺族がいるからといって、殺人罪とはかぎりません。傷害致死や過失致死の可能性もあります。たとえば轢《ひ》き逃げの場合、時効は七年です。もし達郎さんの犯した罪がそういったものなら、殺人罪の話をされた場合、あなたの対応は違っていたはずです」

和真はスマートフォンを耳に当てたまま、顔をしかめた。自分の間抜けさに腹が立った。

「達郎さんが犯した過去の罪について警察が明らかにしないので、何とかして突き止めようとしているんでしょう。今後、同じような目的で近づいてくる輩《やから》が増えるかもしれません。注意してください。インターホンを鳴らされたら、できるだけ居留守を使ったほうがいいと思います」

「わかりました。今後はそうします」

南原に対してもそうすればよかった、と今さらながら悔やまれた。

それから、と堀部は続けた。

「時効云々《うんぬん》について答えたのもよくないです。今後は、そういう質問に答えられる立場にない、とかわしてください」

その手があったか。簡単に相手のペースに乗せられた迂闊さが情けなかった。

「また何かあったら、いつでも連絡してください」堀部がいった。

「わかりました。ありがとうございます」

電話を終え、スマートフォンをテーブルに置こうとしたが、メールが届いていることに気づいた。またしても雨宮からだった。

『体調を壊してないか。何か必要なものがあればいってくれ。

SNSだが、すべてやめてしまったほうがいい。

何ひとつ読むな。ネット上に味方はいない。一人もいない。

アカウントの削除を勧める。』

スマートフォンを手にしたまま、和真はため息をついた。友人のありがたみが身にしみた。そして改めて、自分たちは嫌な時代を生きているのだなと痛感した。

19

午前十時を二分ほど過ぎた時、自動ドアが開いて白髪の痩せた男性がロビーに入ってきた。高級そうなブルゾンを羽織っている。

白石美令は立ち上がり、笑顔を作ってから頭を下げた。「おはようございます」

田中《たなか》です、と男性は名乗った。

「お待ちしておりました。どうぞお掛けになってください」デスクの反対側の椅子を勧め、男性が腰を下ろすのを見届けてから美令も椅子に座った。

脇のキーボードを素早く操作する。男性に関する情報が液晶モニターに表示された。職業は会社役員となっている。年齢は六十六歳。

「田中様、本日は会員証と受診カードはお持ちでしょうか」

男性はショルダーバッグを開け、二枚のカードを出してきた。さらに、「これもここで出すんだよね」といって封筒をデスクに置いた。少し膨らんでいるのは、中に円筒形の容器が入っているからだ。検尿容器だ。

「恐れ入ります。お預かりいたします」

会員証の名義を確認した後、封筒を引き寄せた。代わりに受診票を差し出す。

「お手数ですが、こちらに住所とお名前をいただけますでしょうか」

「ああ、はいはい」

男性が記入する間に抽斗《ひきだし》からリボンを取り出し、印刷されたバーコードを手元のリーダーで読み取った。

「これでいいかな」男性が受診票を美令のほうに向けた。

「結構です。では田中様、手首にＩＤリボンを付けさせていただきたいのですが、右左、どちらがよろしいでしょうか」

「じゃあこっち」男性は右手を出してきた。

失礼します、といって美令はリボンを巻き付けて留めた。「検査がすべて終了したら、こちらでお取りしますので、それまでは決して外さないでください」

「うん、わかっている」

「これでお手続きは完了です。そちらのソファにお掛けになってお待ちいただけますか。間もなく係の者が参りますので」

少し離れたところに並んでいるソファを手のひらで示した。ソファは革張りでテーブルは大理石だ。新聞が何紙か揃えられていて、小さな書棚にはゴルフ雑誌や経済関連の情報誌が並んでいる。

男性は頷き、ゆったりとした歩調でソファに向かっていく。その背中を見送った後、美令は腰を下ろした。指先でこっそりと頰をマッサージする。笑みを浮かべ続けているのは案外疲れる。

『メディニクス・ジャパン』は会員制の総合医療機関だ。いくつかの病院と提携し、会員が最新鋭の検診とサポートが受けられるように取り計らうことを売りにしている。ここ、帝都大学医学部付属病院内にあるワンフロアも、『メディニクス・ジャパン』が運営する検診施設の一つだ。MRIやCT、エコー検査はもちろんのこと、最新のPET検査も受けられるようになっている。

傍らに置いたバッグから、小さな振動音が聞こえた。スマートフォンを取り出し、ゲストたちからは見えないよう、デスクの下で画面を確認した。SNSのメッセージを送ってきたのは母の綾子だった。

『今夜、佐久間先生がうちにいらっしゃることになりました。19時ごろ。』

即座に、了解しました、と返した。スマートフォンをバッグに戻し、何事もなかったように背筋を伸ばした。

自動ドアが開き、新たにゲストが入ってきた。毛皮のコートに身を包んだ婦人だ。美令は笑顔を作り、立ち上がった。


美令がここの受付係として働き始めたのは昨年の四月だ。話を持ってきたのは、父の健介だった。知り合いの弁護士が『メディニクス・ジャパン』の顧問弁護士を務めているらしい。健介自身も『メディニクス・ジャパン』の会員だった。

「長年受付をしていた女性が辞めてしまったそうだ。お嬢さんに頼めないかといわれた。娘が今の仕事を辞めたがっている、という話を覚えていたみたいだな」雇用条件を記した書類を示しながら健介はいった。

書類を読み、悪くない話かな、と美令は思った。報酬は決して高額ではないが、今の仕事よりはストレスが少なくて済みそうだ。何より、生活リズムが一定しているのがありがたい。

当時、美令はキャビンアテンダントをしていた。憧れて選んだ職業だったし、それなりにやり甲斐もあったが、達成感を通り越して倦怠感を覚えるようになっていた。人間関係の煩わしさにも少し疲れていて、そろそろ別の世界を覗いてもいいかなという気になっていたのだった。

二日ほど考えた後、やってみる、と答えた。健介は満足そうに頷いた。

「よかったよ。誰でもいいというわけにはいかず、困っていたみたいだから。きっと、喜んでもらえるだろう」

そういわれ、まだ働いてもいないのに誰かの役に立ったようで、悪い気がしなかった。

誰でもいいというわけにはいかない、というのは個人情報に触れる仕事だからだろう。人選にあたり何より優先されるのは、信用できる人間、ということなのだ。

もちろんこの場合、信用されたのは美令本人ではなく、白石健介という人物だ。それだけのものを築き上げてきた父親を、美令も尊敬していた。

だがその父親が今はいない。あの世に去ってしまった。

美令が最後に健介と言葉を交わしたのは、十月三十一日の朝だ。母の綾子が用意してくれた朝食を二人で食べた。おかずは焼いた鮭とほうれん草のお浸し、味噌汁だった。健介がパンをあまり好きではないから、白石家の朝は大抵和食だ。

箸を動かしながら健介が話しだしたことは、今年の冬は雪が多いか少ないか、だった。健介はスキーを趣味にしていて、美令も子供の頃は毎年のように連れていってもらった。しかし最近は殆どやらないし、家族で行くこともない。だから雪の量なんて、どうでもよかった。

「あまり降らないんじゃない。温暖化してるし」そんなふうに応じた覚えがある。しかも健介の顔を見もしなかった。

それに対して父がどう答えたのか、全く記憶がない。たぶんまともに聞いていなかったのだろう。朝食時は、いつも傍らにスマートフォンを置いている。誰かからメッセージが届いていないか、そんなことばかりを気にしていたに違いない。

あれが父娘で過ごした最後の時間になってしまった。当たり前のことだが、あの時はそうなるとは夢にも思わなかった。

あの日、夜に帰宅すると綾子が怪訝そうにしていた。健介に電話をかけたが、呼出音が聞こえるだけで繋がらないらしい。

「どこかにスマホを置き忘れてるんじゃないの？　ケータイにかけてみれば？」

健介は携帯電話を二台持っていて、仕事では未だにガラケーを使っている。

「それが、そっちは呼出音すら鳴らないのよ。一体、どうしちゃったのかしら」綾子は首を傾げていた。

だがその時点では、どちらも深刻には考えていなかった。弁護士の健介は多忙で、急な予定変更などざらだ。深夜に呼びだされることも多い。単に電話に出ている余裕がないだけだろうと楽観していた。

ところが夜が明けても連絡が取れず、さすがに心配になってきた。美令も仕事どころではなく、急遽職場に連絡を入れ、休みたい旨を伝えた。

綾子と話し合い、行方不明者届を出そうということになった。最寄りの警察に行こうと美令が支度を始めた時、家の電話が鳴った。

電話に出たのは綾子だ。受け答えする母の青ざめた顔、上擦った声で発する言葉から、何が起きたのかを美令は察知した。「本当に主人で間違いないんですね」と尋ねる綾子の声は、涙まじりになっていた。

間違いないと思うが確認してほしい、と綾子はいわれたようだ。遺体が運び込まれたという警察署に二人で向かった。タクシーの中で、綾子はずっとハンカチを目に押し当てていた。美令は歯を食いしばって涙を堪えた。頭の中では、どうしてこんなことに、何があったの、という疑問が渦巻いていた。

何かの間違いであってほしいという願いは、警察署の安置室で崩れ去った。安らかとさえいえる表情で目を閉じている男性は、前日の朝にスキー場の降雪を心配していた父親にほかならなかった。美令の我慢は限界に達し、とめどなく涙が溢れ始めた。

聞けば港区海岸の路上に放置されていた車の中で見つかったという。車の写真を見せられたが、見慣れたマイカーだった。ただし健介の遺体があったのは後部座席らしい。つまり健介以外の誰かがそこまで運転したのだ。

どういうことですか、何があったんですか――安置室まで案内してくれた警官に尋ねたが、現在捜査中です、という苦しげな答えが返ってきただけだ。

司法解剖に回される健介の亡骸《なきがら》を残し、美令たちは帰宅した。どちらも泣き疲れていたが、すべきことはいろいろとあった。通夜や葬儀の手配だ。懇意にしている人たちへも連絡しなければならない。

気力を振り絞ってそれらの作業を進めていると、インターホンのチャイムが鳴った。

やってきたのは二人の刑事で、五代と名乗った年嵩《としかさ》のほうは警視庁捜査一課の所属だった。本格的に殺人事件としての捜査が始まったのだなと思った。

五代は健介と最後に接した時のことなどを確認した後、最近の様子や、異変を感じたことの有無などを尋ねてきた。美令には思い当たることなど何もない。綾子も同様のようだったが、「このところ少し元気がないというか、考え込んでいることが多かったように思います。何か難しい裁判を抱えているのかなと思っていたんですけど」と付け加えた。

横で聞いていて、そうなのか、と美令は思った。父親に対して無関心すぎたことを悔いた。今の仕事を得られたのだって、健介のおかげだったのに。

健介は家で仕事の話を一切しない。どんな案件を抱えていたかを五代から訊かれたが、答えられるわけがなかった。

ただ、被告人を弁護する立場上、被害者側の人間から恨まれることもあったのではないかといわれた時には、美令は反論した。

「父は細かいことは話してくれませんでしたけど、弁護士としての自分の生き方については、よく語っていました。ただ減刑を目指すんじゃなく、まず被告人自身に罪の深さを思い知らせるのが自分のやり方だって。その深さを正確に測るために事件を精査するのが弁護活動の基本だって。そんな父が殺されるほど憎まれるなんて、考えられないと思います」

五代は黙って頷いていた。心の中では、青臭い意見だと退屈していたかもしれない。最後に彼は奇妙な質問を発した。富岡八幡宮、隅田川テラス、港区海岸といった名称を挙げ、何か思いつくことはないか、というのだった。

美令は綾子と顔を見合わせた。我が家とはまるで縁のない場所だし、健介の口から出たこともなかったので、そのように答えた。

刑事たちは帰っていった。その背中には、収穫なし、と書いてあるようだった。

あれから数週間が経つ。その間に、様々なことが起きた。最も大きな出来事は犯人が逮捕されたことだろう。

倉木達郎という愛知県在住の男だった。そのことを美令はニュースで知った。五代が南青山の家まで知らせにやってきたのは、それから何日か経ってからだ。しかも彼にはほかに目的があった。それがなければ、いつまでも知らせに来なかったのではないかと美令は疑っている。

五代の目的は、倉木の供述の一部を確認することだった。

倉木は、三月末に東京ドームで健介と出会ったといっているらしい。席が隣同士になり、ドラゴンズファンだということで意気投合したそうなのだ。財布を紛失した倉木に健介は新幹線代を貸したとかで、かなり親密になったと思われる。

そういう話を健介から聞いたことがあるか、と五代は尋ねてきた。

ここでも母娘で顔を見合わせ、首を傾げることになった。二人とも初耳だった。それどころか、健介が一人で野球観戦に行ったということ自体が意外だった。ドラゴンズを応援していたのは事実だが、そこまでのファンではなかった。最近の選手など、あまりよく知らなかったのではないか。

美令たちの話を聞き、五代は当惑した表情を浮かべていた。予想と違ったのだろう。

刑事がそのまま引き揚げようとするので美令は引き留め、倉木や事件についてもっと詳しいことを教えてほしいと頼んだ。すると、捜査上の秘密は話せないという。美令は、遺族なのに、という言葉を出して食い下がった。

「遺族なのに、何も教えてもらえないんですか?　そもそも、犯人が逮捕されたなら、真っ先に教えてくれるべきじゃないんですか。遺族なのに、こんな扱いをされるのって、おかしくないですかっ」

だが五代は、すみません、と頭を下げただけだった。

その後も警察からは何の説明もないままに時間が過ぎた。ようやく事件に関する情報を得られたのは、犯人逮捕から一週間以上が過ぎた頃だ。しかし警察が教えてくれたのではなく、ネットニュースで知ったのだ。それによれば倉木は、時効になった過去の罪の償い方について健介に相談したところ、すべてを明らかにするのが誠意ある態度だといわれ、このままでは周囲に暴露されると思って犯行に及んだというのだ。

記事を読み、愕然とした。何という理不尽な動機なのか。健介が人から恨まれることなどないと思ってはいたが、まさかこんな理由だったとは思わなかった。

だが――。

何となく腑に落ちなかった。動機が理不尽だからではない。気になるのは、「すべてを明らかにするのが誠意ある態度だといわれ」の部分だ。

健介がそんなことをいうだろうか。

ふつうの場合ならわかる。真実を語らせることが結局被告人の利益になるんだ、とはよくいっていた。しかしこの場合は違う。すでに時効が成立しているのだ。今さら真相を告白したところで、誰も得をしないのではないか。

この疑問を綾子に話したところ、私もそう思う、と同意してきた。

「お父さんのイメージじゃないのよねえ。相手が切羽詰まるほど追い詰めたりするかしら」そういって首を傾げた後、でも、と綾子は続けた。「記事だけじゃわからない。実際にどんなやりとりがあったのかを聞いてみないことには、何ともいえないわね」

そうなのだ。結局のところ情報が足りなすぎる。そもそも過去の事件がどういうものかさえわかっていないのだ。

すると綾子が、じつは考えていることがある、といいだした。

「望月《もちづき》先生を知っているわよね」

「知ってるけど、あの方がどうかしたの？」

望月は健介の後輩で、同じく弁護士だ。九段にある大手の事務所で働いている。葬儀に駆けつけてくれた時、挨拶した。

「望月先生がね、被害者参加制度を使ったらどうかとおっしゃってたの」

「ああ……」

その言葉なら美令も健介から聞いたことがあった。法律が改正され、被害者や遺族が裁判に参加できるようになったらしいのだ。だが詳しいことは知らない。知る必要のない、一生自分には関係のないことだと決めつけていた。

綾子によれば、もしその気があるのならサポート役を紹介してもいい、と望月はいってくれたらしい。裁判に参加できるといっても、法律の素人に複雑な手続きなど無理だ。そこで法的な視点から被害者を支援する、被害者参加弁護士制度というものもあるのだという。東京地検に相談すれば弁護士を紹介してくれるが、望月には一人適任者に心当たりがあるようだ。

「それ、やろうよ」美令はいった。「裁判に参加するってことになれば、いろいろと教えてもらえるはず。どうしてお父さんが殺されなきゃいけなかったのか、犯人がどんな人間なのか、自分の目で確かめたい」

綾子も前向きに考えていたようだ。そうよね、と決意を固めた顔になった。

殺害動機が公表されて以来、取材させてほしいという申し出が毎日のように来るようになった。綾子によれば、先日も南原と名乗るフリーの記者が家まで訪ねてきて、ほんの少しでいいから話を聞かせてもらえないかと粘ったらしい。

「白石さんは、時効によって罪が消えたわけではないというお考えの持ち主だったようですが、そのことを彷彿させるエピソードはありませんか」玄関先で、そんなふうに尋ねてきたという。

そんなものが思いつかないから、自分たちだって動機に納得できないのだ――綾子から話を聞き、美令は思った。

20

午後七時ちょうどにインターホンのチャイムが鳴った。綾子が受話器を取り、「はい、どうぞ」と応対をしている。受話器を戻し、「お見えになった」といってから玄関に向かった。

美令はダイニングテーブルの上が汚れていないかを確認し、椅子の位置の乱れを直した。

間もなくドアが開き、綾子に続いて小柄な女性が現れた。ショートヘアで黒縁の大きな眼鏡をかけている。三十代半ばに見えるが、もう少し上かもしれない。女性だとは聞いていたが、美令が想像していたイメージとは違った。濃いグレーのスーツ姿で、ビジネス用のバックパックを背負っていた。

女性は、佐久間《さくま》です、といいながら名刺を出してきた。佐久間梓、と印刷されていた。事務所は飯田橋にあるらしい。

よろしくお願いいたします、と綾子が挨拶した。

美令は、どうぞ、とダイニングチェアを勧めた。失礼します、といって佐久間梓《あずさ》が座るのを見て、美令も腰を下ろした。

綾子がキッチンに向かいかけるのを見て、「飲み物なら、どうぞお構いなく」と佐久間梓はいった。「お話に集中したいので」

「あ……はい」綾子は戸惑ったような顔で戻ってきて、美令の隣の椅子を引いた。

「早速ですが、被害者参加制度については、どの程度理解しておられますか」佐久間梓が尋ねてきた。

「望月先生にいわれてから娘と二人で少し勉強しました。弁護士の家族なのに、今さらお恥ずかしい話なんですけど」綾子が申し訳なさそうにいった。

「医者の家族であっても医学に詳しいわけではありません。それに比較的新しい制度なので、弁護士の中にも、まだ慣れていない人は少なくないです」明快な口調で佐久間梓はいった。「一言でいいますと、被害者や遺族が蚊帳《かや》の中に入れるようになった、ということです」

蚊帳の中、と綾子が呟いた。

「かつての裁判は、被告人、弁護人、検察官のみを当事者として行われていました。被害者は、目撃者や証人と同様、被害状況などを立証するための証拠の一つにすぎず、完全に蚊帳の外に置かれた状態で、抽選に外れたら裁判を傍聴することさえできませんでした。それではいけないと何度か法律が改正され、被害者も裁判に参加し、意見を述べたり、被告人に質問できるようになったのです。それが被害者参加制度です」そういってから彼女は、口元を緩めた。「勉強されたということですから、すでにこんなことは御存じですよね。失礼いたしました」

「でも、具体的にどういうことをすればいいのか、さっぱりわからないんですけど」

綾子の言葉に、それはそうだろう、とでもいうように女性弁護士は深く頷いた。

「そこをお手伝いするのが私たちの仕事です。ただし、お手伝いしかできません。あくまでも被害者の代理で、その意向に沿わない行為は一切認められていないんです。その点、被告人の意思とは別に訴訟行為をできる弁護人とは大きく異なります。つまり大事なのは、被害者――白石さんたちの意向です。自分たちが一体何をやりたいのか、何を求めているのか、今後はそれをしっかりと考えていただきたいのです」

「たとえばどんなことでしょうか」美令が訊いた。

「まずは量刑です。検察官は検察官で求刑しますが、それとは別に被害者参加人からも求刑できます」

「それが検察官と違っててもいいんですか」

「構いません。殺人事件の場合――」佐久間梓は少し迷う表情を見せてから続けた。「検察の求刑内容に拘わらず、遺族が極刑を求めるということはよくあります」

美令はちらりと隣を見た。綾子と目が合った。どうしようか、と問うてきているようだ。

そんなの死刑に決まってるでしょ、と口には出さず目で答えた。

「ほかにはどんなことがありますか」美令は佐久間梓に訊いた。

「それは事件によっていろいろです。どんな気持ちで犯行に及んだのかを被告人に質問する人もいれば、現在の心境を尋ねる人もいます。いずれにせよ、裁判員たちにどういう印象を与えたいのか、ということが重要となります。感情的な思いだけを吐き出すのはよくありません。裁判員たちの多くは、感情に流されないよう冷静になろうと努めます。被害者が熱く語れば語るほど、裁判員たちの心が冷めていき、最終的に被害者の思いとは逆の結果が出てしまうこともあり得ます」

どうやらかなり難しい作業になりそうだ、と美令は思った。

「でも、あの、佐久間先生」綾子が口を開いた。「そのようにいわれても、私たち、事件については殆ど何も知らないので、質問しろといわれても困ってしまうんですけど」

「そうだろうと思います」佐久間梓は頷いた。「すべてはこれからです。とりあえず明日、担当の検察官に電話をかけ、白石さんに被害者参加の意思があることを連絡しておきます。その上で参加申出の手続きをします。私がしますが、委任状が必要ですので、明日、事務所に来ていただけますか」

私が参ります、と綾子が答えた。

「すぐに裁判所から回答が来ます。今回のケースで許可されないことは考えられません。そこからがスタートです。ええと、公判前整理手続は御存じでしょうか」

「それも少し勉強しました」綾子がいった。「裁判前の準備ですよね」

「そうです。裁判で何を証拠にするか、誰を証人に呼ぶか、何を争うかなどを決めるんです。裁判官、書記官、検察官、弁護人が参加しますが、残念ながら被害者参加人は立ち会えません。だから検察官のところへ出向き、可能なかぎり情報を入手します。記録の謄写《とうしゃ》も申請し、一体何が起きたのか、被告人と白石健介さんとの間にどんなやりとりがあり、なぜ白石さんが殺害されるに至ったのかを、徹底的に分析したいと思います。それを読んだ後ならば、被告人に何を質問したいか、どんなふうに罪を償わせたいか、お二人にも考えが浮かぶと思うのですが」

いかがでしょうか、と佐久間梓は美令たちに問いかけてきた。

美令は綾子と頷き合い、女性弁護士のほうを向いた。「結構です。それでお願いします」

「では明日、事務所でお待ちしています」佐久間梓は立ち上がり、隣の椅子に置いたバックパックを持ち上げた。

あの、と美令も立ち上がりながらいった。「佐久間先生は、いつからこういったお仕事を？」

「こういった、といわれますと？　犯罪被害者支援のことでしょうか」

「そうです。被害者参加制度というものがあることは父から聞きましたけど、たぶん父はそういう仕事はしていなかったと思うので」

「そうでしょうね。弁護士の中でも特異な存在ではあります。何しろ裁判の時、検察側の席に座るわけですから。でもじつは私、そちらのほうが慣れているんです」

どういうことかわからずに美令が首を傾げると、佐久間梓はふっと口元を緩めた。

「五年間、検察庁で働いておりました。元検察官なんです」

あっ、と美令は声を漏らした。

「検察官は裁判の前に被害者から話を聞くことがあります。皆さん、苦しく、辛い思いを抱えておられます。裁判において被告人の罪を追及するのが検察官の務めなのですが、どうしても被害者の思いを十分には表現しきれませんでした。気持ちを代弁できませんでした。だったら被害者、あるいは遺族の方の口から訴えていただくのが一番だと思い、今の職に移った次第です」佐久間梓は黒縁眼鏡に手をかけ、レンズの向こうから美令を見つめてきた。「これで答えになっているでしょうか?」

「大変よくわかりました。よろしくお願いいたします」

がんばりましょう、といって佐久間梓はバックパックを背負った。一瞬、大きな山に挑もうとする登山家に見えた。

21

壁際の席に並んで座っている二人の女子高生の動きが、和真は少し前から気になっていた。スマートフォンを見ながら、何やら囁《ささや》き合っている。彼女たちの視線が、時折自分のほうに注がれているように思えてならないのだ。

和真が席につき、マスクを外した直後からのような気がする。だからといって、また着け直すのも妙だ。マスクを着けたままではカフェラテを飲めない。

そんなことを考えていたら、女子高生の片方が立ち上がり、和真のほうに近づいてきた。まさか何か話しかけてくるつもりなのか。思わず身体を硬くする。

女子高生が立ち止まった。和真がいるテーブルのすぐ前だ。スマートフォンを構えると、和真の少し右横の壁にレンズを向け、シャッターを切った。画面を確認し、満足そうな笑みを浮かべて自分たちの席に戻っていく。

和真は身体を捻り、壁を見上げた。そこにはポスターが貼られていた。若い男性アイドルがホットドッグを手にして笑っている。彼女たちの目当てはこれだったらしい。和真は、ほっと息をついた。拍子抜けだが、安心した。

このところ、外出するたびに緊張する。誰かに見られているような気がしてならないのだ。素顔を晒《さら》したくないので、必ずマスクを着けている。

とはいえ、話しかけられたことがあるわけではない。「あなた、倉木達郎容疑者の息子さんじゃないですか」と突然訊いてきた者などいない。

それでも落ち着かないのだ。いずれそんなことがあるような気がしてならない。

原因はSNSだ。誰の仕業かは不明だが、和真の画像が流出している。最初は高校の卒業アルバムを接写したものだったが、最近になり、ずいぶん昔に自分でSNSにアップした写真が出回っていることに気づいた。友人の結婚式に出席した時のもので、和真以外の者たちには黒い目線が入れられていた。

そんな画像に注目する人間など、さほどいないだろう。殺人犯本人の写真ならいざ知らず、息子にすぎないのだ。だがそれを初めて見た時の衝撃は言葉で表せない。逃げ場のない迷路に閉じ込められたような気持ちになった。

紙コップを引き寄せ、カフェラテを飲んだ。本音をいえば外出はしたくなかった。部屋でじっとしていれば人目を気にしなくていい。だがそれはそれでストレスが溜まるのだ。原因は情報不足だった。達郎が起こした事件について、何もわからないのがもどかしかった。

どういう事件だったのかは、弁護士の堀部から聞いて理解はしている。しかしまるで納得できなかった。何から何まで初耳で、思い当たることなど一つもない。このまま裁判が始まり、有罪判決を受けて達郎が刑に服すようなことになったとしても、その現実を受け入れられる自信が到底なかった。

入り口のドアが開き、一人の男性客が入ってきた。スーツの上からベージュのコートを羽織っている。和真は小さく手を上げた。相手も気づいたらしく、頷いてきた。

会社の同僚である雨宮雅也だ。今日の昼間にメールでやりとりし、待ち合わせをしたのだった。

雨宮は飲み物を買ってから、和真の席までやってきた。だが顔を見ようとしない。よう、と声をかけてきたのは、ラージサイズのコーヒーをテーブルに置き、コートを脱いで椅子に座ってからだった。

「わざわざすまなかったな」和真は詫びた。

「気にするな。メールにも書いたけど、門前仲町には一度来てみたかったんだ。賑やかな、なかなかいい町じゃないか」そういって雨宮は紙コップを口元に運んだ。長髪で、口の上にうっすらと髭を生やしている。

「俺も来たのは初めてだ。こんなことでもなかったら、一生来なかったんじゃないかな。いや本当は、今もあまり近づくべきじゃないのかもしれないけれど」和真は視線を手元の紙コップに落とした。

「親父さんが上京のたびに、この町に来ていたそうだな」雨宮が、和真がメールに書いたことを確認した。

和真は顔を上げ、頷いた。

「『あすなろ』という小料理屋に通っていた。お母さんと娘さんとでやっている店だ。彼女たちに会うのが親父の目的だったらしい」

雨宮は少し肩をすくめるしぐさをした。「いいのか、そんなことを俺に話しても」

「おまえのことは信用している。それに、ある程度のことを話しておかないと、俺の考えをわかってもらえない」

「口外する気はない。倉木が話してもいいと思えることだけ話してくれ。事件について俺のほうからは質問しない」雨宮は真剣な眼差しを向けてきた。

うん、と和真は友人の視線を受け止めた。

「その『あすなろ』に、これから俺と一緒に行ってもらいたいんだ」

「お安い御用だ。俺はどうしていればいい？」

「いつもと同じでいい。二人で飲みに行く時の感じだ。ネットで調べたところ、わりと美味《うま》い店らしいから、肴を何点か注文して、酒を飲もう。ただし、注意事項が二つある。ひとつ目は、事件のことは話さないこと。もう一つは、店内では俺のことを名前で呼ばないでくれ。どうしても名前を呼ぶ必要が生じた場合は、シバノと呼んでくれ。一応、漢字も教えておく。芝生の芝に、野原の野だ」

「わかった、芝野《しばの》ね」雨宮はテーブルに人差し指で書いた。

「お袋の旧姓なんだ」

「なるほど。飲みすぎ注意だな。酔っ払ったら忘れそうだ」

「悪いな。面倒臭いことに付き合わせて」

雨宮は、ふんと鼻を鳴らし、片手を横に振った。

「気にするな。美味いものを食って、酒を飲んでりゃいいんだろ？　いつもと同じじゃないか。どうってことない」

「すまん」

「だから謝らなくていいって」雨宮は顔をしかめた。「それよりおまえ、体調のほうはどうなんだ」

「何とか大丈夫だ」

「本当か？　しっかり食ってるんだろうな」

「心配してくれなくても、時間が経てばきっちりと腹が減る。気分は飯どころじゃないんだけど、本能のほうが勝っているようだ」

「それを聞いて安心した。一人の食事が退屈なら連絡をくれ。いつでも付き合うぞ」

友人の言葉に和真は苦笑した。

「そういってくれるのはありがたいが、忙しいおまえにそんなことは頼めない。今日は特別だ」ところで、と言葉を継いだ。「会社のほうはどうだ？　かなり騒ぎが大きくなっているのか？」

雨宮は紙コップを手に首を振った。

「いや、そうでもない。社内で事件の話をするのは御法度《ごはっと》だからな。マスコミ連中が会社の玄関前をうろちょろしていたが、このところは見かけなくなった。諦めたんだろう」

和真は吐息を漏らした。

「会社には、かなり迷惑をかけているんだろうな。復帰しても元の職場には戻れないだろうけど、クビにならないだけましか」

何と答えていいかわからないらしく、雨宮は複雑な面持ちでコーヒーを飲んでいる。

「正直、未だに信じられないし、実感もないんだ」和真はいった。「あの親父がそんなことをしただなんて、想像もつかない。頑固で曲がったことが嫌いな性格だ。弁護士の先生によれば、悪いのは自分だから、どんな刑でも受けるといっているらしい。そんな潔い人間が、昔の罪を隠すために人を殺すか？　あり得ないだろ」

雨宮は考え込んでいる。事件については質問しない、とさっき彼がいったことを和真は思い出した。

「親父さんには会ったのか」雨宮が訊いてきた。

和真は首を横に振った。

「俺には会いたくないそうだ。こっちとしては、訊きたいことが山のようにあるんだけどな。俺宛の手紙を弁護士の先生から渡されたけど、ただ詫びているだけで、事件のことには触れていない。そんなんで、どう納得しろというんだ」

「それで自分なりに調べようと思ったわけか」

「調べるというか、親父が東京で何をしていたのか、この目で確かめておきたいんだ。肉親が過ちを犯したことを認めたくなくて、ただあがいているだけのようにしか見えないかもしれないけど」

「いいじゃないか、あがけば。俺は付き合うよ」

雨宮の言葉に、また詫びの言葉が口をつきそうになったが、それを呑み込んで、ありがとう、と短く答えた。

午後七時になるとコーヒーショップを出た。目的の店は、永代通りを挟んで向かい側にある。横断歩道を渡り、店が入っているビルまで歩いた。

細い階段の上に『あすなろ』と書かれた小さな看板が出ていた。階段を上がると入り口の格子戸に『営業中』の札が掛かっている。

深呼吸を一つした。マスクは外している。その代わりにニット帽を深く被り、枠の太い伊達眼鏡をかけていた。浅羽母娘がSNS上に流出している和真の写真を見ていないともかぎらないからだ。せめてもの変装だった。

雨宮が戸を開け、先に足を踏み入れた。和真はその後ろに続く。白木のカウンター席に並んで座っている二人の男女の背中が、雨宮の肩越しに見えた。

いらっしゃいませ、といって割烹着《かっぽうぎ》姿の老女が近寄ってきた。七十歳ぐらいだろうか。小柄で、皺だらけの顔に眼鏡をかけている。浅羽母娘の母親のほうらしい。名前はたしか洋子のはずだ。

「お二人様？」洋子が指を二本立て、雨宮を見上げた。

そうです、と雨宮が答えた。

「カウンターとテーブルじゃ、どっちがいいですかね」洋子は雨宮と和真を交互に見てきた。和真は咄嗟《とっさ》に顔を伏せた。

「どっちにしようか」雨宮が訊いてきた。

「あ……テーブル席を」和真は俯いたままで答えた。

「はい。じゃあ、こちらへどうぞ」洋子は特段怪しんだ様子は見せず、二人を壁際のテーブル席に案内してくれた。

席につくと、すぐに洋子がおしぼりを持ってきた。先に飲み物の注文を伺いたいというので、和真はハイボールを、雨宮は生ビールを頼んだ。

おしぼりで手を拭きながら、和真はカウンターの向こうに視線を走らせた。洋子と同じく割烹着姿の女性が立っている。すらりと背が高く、アップにまとめた髪は栗色だった。鼻が高く、目は大きい。四十歳前後らしいが、もっと若く見えた。彼女が浅羽織恵らしい。

達郎は、この二人に会いに来ていた。三十年以上も前に自らが犯した殺人事件の冤罪で、夫と父親を失った二人に——。

その行為自体は父らしいと和真は思う。彼女たちに詫びるため、遺産をすべて譲りたいと考えたことも。大昔、もし本当にそんな犯行に手を染めていたとすれば、だが。

おいシバノ、と声をかけられた。前を向くと雨宮がメニューを手にしていた。

「何を注文する？　任せてくれるなら、俺が適当に選ぶけど」

そうしてくれ、と和真はいった。

浅羽洋子が飲み物を運んできた。和真の前にコースターを敷き、その上に細長いタンブラーを置いた。

生ビールが置かれたところで雨宮が料理を注文した。手羽先、味噌おでん、といった愛知県の郷土料理を選んでいる。

洋子が立ち去ったところでタンブラーを手に取った。お疲れ、といって雨宮が生ビールのグラスを掲げてくる。お疲れ、と応じてハイボールを口に含んだ。

ちらりとカウンターのほうを見て、ぎくりとした。

浅羽織恵と目が合ったからだ。

だが一瞬のことで、彼女はすぐに視線をそらしていた。ほかの客に笑顔を向け、何か話している。

何だろう、今のは――和真は狼狽した。

たまたま目が合っただけなのか。それともその前から彼女は、和真のことを見つめていたのか。

タンブラーを口元に寄せながら、もう一度カウンターに視線を移した。しかし彼女は調理をしていて、その顔が上がることはなかった。

22

佐久間梓の事務所はビルの三階にあった。彼女の体格に合わせたようにこぢんまりとした部屋だ。ガラステーブルとソファを並べた簡易な応接スペースで、美令と綾子は部屋の主《あるじ》と向き合った。

「昨日、検察庁に出向き、担当の検察官に会ってきました」佐久間梓がいった。「公判前整理手続は着々と進んでいるようです。被害者参加について弁護人は、被告人が大いに反省していることを御遺族の方に確認してもらえる機会になれば、と話していたそうです」

そうですか、と綾子が淡泊な口調で答えた。特に感想はないのだろう。美令だって同じだった。

被害者参加の申出が為されると、その旨が裁判所から弁護人のもとに伝えられ、意見を求められるらしい。否認事件などでは反対する弁護人もいるそうだが、今回はそうはならないだろうというのが佐久間梓の見立てだった。事実、すんなりと被害者参加の許可が裁判所から下りていた。

それで、と佐久間梓が両手を組んだ。「記録はお読みいただけましたか」

はい、といって綾子が紙袋から大きなファイルを取り出し、テーブルに置いた。ところどころ付箋が貼られている。

三日前、佐久間梓から渡された。検察官が持っている証拠などの記録を謄写したものだった。犯行に至った動機、犯行の具体的内容などが記されている。再コピーしない、インターネットなどで公開しない、といった取り扱いに関する注意事項をいくつか説明された後、この次までにしっかりと読んでおいてください、といわれたのだった。

記録を読み、美令たちはようやく今回の事件の全容を知ることができた。

その内容は思いがけないものだった。何しろ、はるか昔の殺人事件から始まっているのだ。しかも犯人と思われた人物は冤罪で、警察署の留置場で自殺していた。倉木達郎は、その事件の真犯人は自分だったと告白しているらしい。さらには自殺した男性の遺族に詫びたいと考えていたという。

その話に健介がどう関係しているのかと思っていたら、東京ドームでのエピソードが出てきた。遺産を他人に譲る方法を白石弁護士に相談したが、話の流れで過去に犯した罪を打ち明けたところ、そういう償い方は賛成できないといわれた。以後、真実を明らかにするよう執拗に手紙等で責められ、殺意を抱くに至った。そして十月三十一日、白石弁護士を呼びだし、隅田川テラスにて犯行に及んだ——概要は以上のようなものだった。

「いかがでしたか」佐久間梓が訊いてきた。「どのように思われましたか」

美令は綾子のほうを見た。

じつは読んだ後の感想は二人とも同じだったのだ。

何でしょうか、と佐久間梓が重ねて訊いてきた。

「主人の話じゃないみたいなんです」綾子がいった。

佐久間梓が目を見開いた。「どのあたりがですか」

「だからその」綾子はファイルを開き、該当のページを示した。「償い方に賛成できないとか、真実を明らかにすべきだといった、というところです。何というか、その、主人らしくないんです」

「どんなふうにですか」

「どんなふうに……と訊かれたら困るんですけど」

父なら、と美令が口を挟んだ。「そういう考え方はしないと思います」

佐久間梓の顔が美令のほうを向いた。「考え方？」

「そんなふうに闇雲に正義をふりかざすような考え方です。父ならしないと思うんです。そりゃ、死んでから遺産を譲るなんていう償い方は、あたしだって甘いと思います。本当に詫びる気があるなら真実を告白すべきだ、というのが正論でしょう。でも、それができないのが人間という生き物だってことを、父はよくわかっている人でした。だから、そんな言い方で倉木っていう人を責めたというのが、どうにも納得がいかないんです」

隣で綾子が何度か首を縦に振るのが視界に入った。

佐久間梓はさほど表情を変えることなく、手元のファイルに目を落とし、それからまた顔を上げた。

「被告人の供述は信用できない、ということでしょうか」

「そこまではいいませんけど……」綾子はいい淀む。

「あたしは信用できません」美令は断言した。「父は、そんな人じゃないです」

佐久間梓は口元をきゅっと引き締め、鼻で何度か呼吸をしてから唇を開いた。

「検察官によれば、弁護人は事実関係で争う気はないようです。争点はおそらく計画性ということになります。とはいえ凶器を用意していたのだから、その場の成り行きで犯行に及んだなんていう言い分は通りません。ただ、なぜ犯行を思い止まらなかったのか、という点は問題になる可能性があります。いえむしろ、弁護側が強調してくるとすれば、その一点でしょう。できれば殺したくなかったけれど、白石弁護士の態度から取り付く島がないと感じ、犯行に及んだ、というふうに。つまり事件当日に白石健介さんがどういう態度を取ったのかが、重要になってくるわけです」

でも、と佐久間梓は美令の顔を見つめながら続けた。

「今のお話を伺うと、当日の白石さんの態度以前に、倉木被告人の相談事に対する反応自体が白石さんらしくない、ということのようですね」

そうです、と美令は頷いた。

佐久間梓は考え込む顔になった。

「だけど本人の言葉を信用するしかないんですよね。白石さんが倉木被告人に何といったか、ほかに聞いている人はいないわけですから」

「でも手紙の話もおかしいです」美令はいった。「手紙等でも父から責められた、ということでしたけど」

「二通受け取ったけれど、どちらも捨てた、と被告人はいっていますね。手紙には、罪をごまかすことには手を貸せない、そんなことをするぐらいなら罪を明るみに出す道を選ぶ、というようなことが書いてあったとか」

「あり得ないです」美令は首を振った。「父がそんなこと、絶対に書くわけない」

「検察官も、眉唾ではあるといっていました。精神的に追い詰められたことを強調するための作り話かもしれない、と。ただし、その手紙が証拠として出てくるわけではないので、問題にする気はないとか」

「手紙以外はどうなんですか。信用するんですか」

「被告人が嘘をつく理由がありませんからね。十分に説得力のある動機だと検察官は考えているようです」

美令は髪に指先を突っ込み、頭を掻いた。「納得できないなあ」

「では、とりあえずその意向を検察官に伝えましょう」佐久間梓はいった。「何なら、御自分で検察官に説明されますか？」

「あたしが？　そんなことができるんですか」

「それが本来の形です」佐久間梓は頬を緩めた。「私は代理人です。いずれ検察官とも話し合わねばなりませんから、今度、一緒に検察庁へ行きましょう」

「わかりました」

「ほかには何かありますか。疑問点とか、被告人に訊いてみたいこととか」佐久間梓が再び美令と綾子を交互に見てきた。

綾子は黙って首を傾げている。そこで再び美令が口を開いた。「何だか、よくわからないんですよね、犯人の人間性が」

「といいますと？」

「冤罪で自殺した男性の遺族に詫びたいっていうのは、すごくまともな感情だと思います。しかも苦労して捜し出して、定期的に愛知県からわざわざ上京していたなんて、生半可な気持ちではできないことだと思うんです。そこまで他人のことを思いやれる人間が、どうして殺人なんかを犯すのか……。衝動的にならともかく、今回は計画的なんでしょ？　わかんないなあ」

「その点には、被告人が自供した当初から検察も疑問を持っていたそうです。だから、遺族を捜し出したのは良心の呵責からかもしれないけれど、定期的に通っていたのは、別の理由が生じたからではないかと疑ったとか」

「別の理由って？」

「下心です」佐久間梓はいった。「遺族の浅羽さん母娘ですけど、娘さんの織恵さんは四十歳前後で独身、倉木被告人が恋愛感情を抱いたとしてもおかしくありません」

美令は驚いてファイルに視線を落とした。「そんなこと、どこにも書かれてなかったですけど……」

「そうです。捜査担当の検事はその可能性を疑って、警察にかなり詳しく調べさせたみたいですけど、被告人が恋愛感情を持っていたことを示す証拠は、とうとう見つからなかったのです。それどころか、母娘のほうが倉木被告人に好意的だという報告を受けました。それでも公判担当の検察官は浅羽洋子さんを呼び、倉木被告人が三十三年前の事件の真犯人だったことを明かした上で、改めて被告人に対する印象を訊いたそうです。夫が冤罪を被ることになった諸悪の根源だと知れば、多少言い分が変わるのではないかと期待したわけです」

「それで結果はどうだったんですか?」

美令の問いに佐久間梓は顔をゆっくりと左右に動かした。

「急にそんなことをいわれてもぴんとこない、倉木さんは自分たちにとっていいお客さんで、とてもよくしてもらったという気持ちしかない、と浅羽洋子さんは答えたそうです。それを聞き、検察官は浅羽さん母娘を法廷に呼ぶ気はなくしたようです。自分たちの役に立たない証人に用はありませんから」

元々は自分も検察官だったからか、佐久間梓の口調には冷めたものがあった。

「するとやっぱり、倉木被告人は純粋に誠意から遺族に会いに行っていたということになるんですね。それって情状酌量に考慮されるものなんですか」

「根っからの悪人ではない、という程度の印象は裁判員たちに与えるかもしれません」

「でも、それならどうして父を──」殺す、という言葉を使いたくなくて、美令はただ唇を噛んだ。

「その疑問はもっともです」佐久間梓がいった。「今のそのお気持ち、それを法廷で発していただきたいのです」

23

有楽町の映画館を出てスマートフォンをチェックしたら、着信履歴に中町の名前があった。映画を観ている間に電話をくれたらしい。歩きながら発信ボタンをタッチし、スマートフォンを耳に当てた。呼出音が二度聞こえた後、「はい、中町です」と元気な声が聞こえてきた。

「五代です。電話をくれたみたいだけど」

「お忙しいところをすみません。大した用ではなかったんですけど、ちょっと気になることがあって。五代さん、今週号の『週刊世報』をお読みになりましたか」

「『週刊世報』？　いや、読んでないけど」

『週刊世報』は、政治問題、経済問題、社会問題、企業の不祥事といったものから有名人や芸能人のスキャンダルに至るまで、とにかく話題になりそうなネタなら何でも扱う週刊誌だ。五代も時折買って読む。

「今度の事件のことが載っているんです。『港区海岸弁護士殺害及び死体遺棄事件』のことが」

聞き捨てならない。スマートフォンを強く耳に押し当てた。「どんなふうに？」

「わりと踏み込んでいます。何しろ、一九八四年の愛知県の事件に触れています」

「何だって？」思わず立ち止まった。「わかった。すぐに買ってみよう」

「五代さん、もう食事は済まされましたか？」

「いや、まだだ」

「だったら今夜、これから空いてませんか。これについて話をしたいんですけど」

「空いてるよ。事件が片付いて、ありがたい待機中の身だからな。今も映画を観終わっで了承し、じゃあ午後八時に、と約束して電話を切った。

「いいよ、会おう。『週刊世報』を買っていく。どこの店がいい？」

「それはもちろん例の場所じゃないですか」

中町は門前仲町にある炉端焼きの店を挙げた。五代に異存があるわけがなく二つ返事

「だったらどうです？」

たところだ」

近くの書店で『週刊世報』を入手した後、コーヒーショップに入り、早速読み始めた。

その記事はなかなか大きく扱われていた。タイトルは、『時効は恩赦《おんしゃ》か？　罪に問われない殺人者たちのその後』というものだった。南原というフリーの記者が書いている。

記事は、『十一月一日午前八時より少し前、東京都港区の路上に違法駐車されていた車から男性の刺殺死体が見つかった。』という書き出しから始まっていた。その後は被害者の身元や所持金が盗まれていないこと等、すでに発表されていることの概要が続く。そして、『警察の捜査の結果、逮捕されたのは、愛知県在住の倉木達郎なる人物だった。』と綴られている。記事が熱くなっていくのは、ここから先で、まず倉木が自供した動機について触れている。

『警察関係者によれば倉木被告は、自らが関与し、すでに時効になっている事件のことを白石弁護士に告白したところ、すべてを明らかにすべきと責められ、このままでは周囲に過去を暴かれるのではないかと思い犯行に及んだ、と語っているらしい。だが時効になった事件というのがどういうものなのかは明らかにされていなかった。そこで記者は倉木被告の地元に飛び、現地で取材をしてみた。その結果、驚くべきことが判明した。』

記事は、事件とは一九八四年五月に起きた『東岡崎駅前金融業者殺害事件』であることを明かし、どういう事件であったかを詳細に説明した後、次のように続いている。

『当時、倉木被告と同じ職場にいたAさんによれば、倉木被告は遺体の発見者として警察の事情聴取を受けたらしい。その時には嫌疑がかからず、逮捕されることもなかった。だがじつは倉木被告こそが真犯人だったのだ。年月は流れ、事件は時効となった。そして今回の事件である。つまり時効によって殺人罪での裁きを免れた人間が、再び人を殺めたわけだ。』

ここから先、段落が変わり、以下のように続く。

『殺人罪の時効は二〇一〇年四月二十七日に廃止になったが、あくまでもその時点で時効が成立していない事件が対象である。一九九五年以前に人を殺し、時効が成立した犯人たちは、堂々とふつうの人と同じように生活できているのだ。極端な話、犯行日が一九九五年四月二十八日ならば、今後も犯人が逮捕され、罰せられる可能性があるが、もし前日の二十七日だったなら、その犯人は永久に罰せられない。こんな理不尽な話があっていいものだろうか。』

そこまで読んだところで、なるほどそういう切り口か、と五代は合点した。今回の事件に関しては、少々調べただけでは詳しいことはわからないはずだし、白石健介の遺族が取材に協力するとも思えなかったので、大した記事にはできないのではないかと思っていたのだ。どうやら記事の狙いは、殺人罪の時効が廃止されたにも拘わらず、すでに時効が成立した事件については効力が発揮されない不公平さを訴えることにあるようだ。

この後の記事は、時効が成立した過去の殺人事件について取材した内容が続いている。時効は廃止されたのだから、すでに成立していた時効も取り消すべきではないか、という趣旨のもとに各方面から意見を聞いているようだ。取材に応じた遺族もいたらしく、彼等の声を載せた上で、『時効によって犯人が罪に問われなくなった一方で、このように今も苦しみ続けている遺族は存在する。彼等の心の傷に時効などないのだ。』と力説している。

　五代は少し退屈してきた。これはこれで価値のある記事かもしれないが、今度の事件とは関係がありそうにない。だがそう思って飛ばし読みしていたら、最後のあたりに気になる記述があった。

『冒頭の事件に戻ろう。取材の結果、倉木被告が過去に起こした事件には、殺された被害者や遺族以外にも、犠牲になった人々がいたことがわかっている。じつは当時、倉木被告とは別の男性が逮捕されていたのだ。その男性は自らの無実を訴え、警察署の留置場内で自殺していた。

　今回、その男性の遺族からも話を聞こうとしたが、そっとしておいてほしい、とのことだった。しかし長年、真犯人の代わりに犯罪者扱いされた者の身内として、相当に肩身の狭い思いをし、苦労してきたことは容易に想像がつく。

　では加害者側はどう感じているのだろうか。

　そこで倉木被告の長男に直撃してみたところ、次のような答えが返ってきた。

「現在はともかく、当時は十五年という時効があったわけだから、過去の事件に対する父の償いは済んでいると思いたいです」

要するに過去に関してはリセットされているので、裁判では今回の犯行だけで量刑を決めてほしいということらしい。

さてもしあなたが裁判員ならどう考えるだろう？　倉木被告は一人を殺しただけの被告人として扱っていいのだろうか。』


炉端焼きの店は相変わらず賑わっていたが、中町が電話で予約を入れておいたとかで、隅のテーブル席でゆったりと向き合えた。ビールで乾杯した後、早速『週刊世報』の話になった。

「あれ、驚かなかったですか。一九八四年の事件だと突き止めていたところ」中町が声をひそめて尋ねてきた。

「驚いたってほどじゃないが、よく調べたもんだと感心はした」五代は週刊誌をテーブルに置いた。

「昔の職場仲間から話を聞いたんですね」

「そうらしいな。倉木が過去に起こしたのが殺人事件だと見当をつければ、記事にもあるように一九九五年以前ということになる。当時、倉木と付き合いがあった人間に片っ端から当たったんだろう。それにしても結構手間のかかる作業だったはずだ。このフリーの記者、なかなかの行動派らしい」

「こんな記事が出ちゃって、本庁の幹部たちはどう思いますかね。愛知県警に気を遣って、これまで八四年の事件には触れてこなかったのに」

「いや、むしろ好都合と思ってるんじゃないか。裁判になったら、どうせ明らかになることだ。下手をすればマスコミに大々的に取り上げられるおそれもある。だったら今のうちに情報が拡散していたほうが、衝撃度が緩和するってわけだ。それに週刊誌が勝手に記事にしたわけだから、警視庁としちゃあ愛知県警には顔が立つ。検察なんかも、もしかしたらこういう記事が出ることを歓迎しているかもしれない。裁判が始まってから世間にああだこうだと騒がれたら、裁判員の心理に影響を与えかねないからな。騒ぐのならば今のうちにというわけだ」

「なるほど。それは考えられますね」そういって中町は枝豆を口に入れた。

「それより俺が驚いたのは」五代は週刊誌を開き、記事の最後を指差した。「倉木被告の長男に直撃した、という部分だ。これ、倉木和真氏のことだろ？　本当に取材したのかな」

「したんでしょうね。でなきゃ、こんなことは書けないわけで」

ふーん、と五代は鼻を鳴らした。

「ふつう、取材を受けるか？　ノーコメントで押し通すもんじゃないか」

「少しでも父親の裁判に有利になれば、と思ったのかもしれませんね」

「そうかもしれないが、これじゃあ逆効果だ。加害者の身内は余計なことはしゃべらず、お騒がせしてすみませんといって、ただひたすら頭を下げるだけってのがセオリーなんだけどなあ」

五代は倉木和真の上品な顔立ちを思い出していた。感情的になって父親を庇《かば》うような発言をするほど軽率な人物には見えなかった。あるいは、巧妙に誘導されたか。

焼きたての椎茸とシシトウが運ばれてきた。醬油の匂いが香ばしい。五代は椎茸の串に手を伸ばした。

中町が週刊誌を手に取った。「この記者、浅羽さん母娘にも会ったんですね」

「それらしきことは書いてあるな。話は聞けなかったみたいだが」

「つまり一九八四年の事件の犯人が倉木だったということを、今では彼女たちも知っているわけですね。一体、どんな気持ちでしょうか」

「それは俺も気になっている。聞くところによれば、洋子さんが検察に呼ばれたそうだ。どんなやりとりがあったのかは知らないが」

五代は浅羽母娘との連絡係を担当していたが、倉木の犯行動機に一九八四年の事件が大きく関わっていることを、結局彼女たちには最後まで話さなかったのだ。

「犯人は捕まったけど、結構、いろいろなことを引きずる事件ですね」中町が重たい口調でいった。

「殺人事件はいつだって、そうだ。だからといって、こっちまで引きずっていたら、刑事なんて仕事は務まらない。後は黙って裁判の行方を見守るだけだ」そういって五代は空になっている中町のグラスにビールを注いだ。

雑談をしながら酒を酌《く》み交わしていると、あっという間に閉店時刻になった。店を出た後、地下鉄の駅に向かって歩きだしたが、どちらからいいだしたわけでもないのに通り過ぎていた。『あすなろ』が入っているビルの前に来たところで足を止めた。

「彼女たち、どうしてるでしょうね」中町がビルを見上げた。

「どうかな。案外、いつも通りじゃないのか」五代がいった。

「そうでしょうか。『週刊世報』、読んでませんか？」

「読んでるかもしれないが、あんなもので揺らいだりしない。何となく、そういう気がする。あの二人は強《つえ》えよ。どっちも強い女だ」

帰るか、といって五代が踵《きびす》を返しかけた時、ビルから一人の男が出てきた。年齢は五十歳より少し手前か。小太りで、あまり背は高くない。四角い顔に金縁眼鏡をかけている。

あっ、と隣で中町が発した。

「どうした？」五代は小声で訊いた。

中町が五代の耳元に口を寄せてきた。「あの人、倉木の弁護士です」

えっ、と五代は眉をひそめ、遠ざかっていく男性の背中を見つめた。

「起訴が決まるまで、うちの署に何度か接見に来ていました」

中町によれば、堀部という国選弁護人らしい。

「そうなのか。だけど、何の用があってこんなところに……」

偶然とは思えない。おそらく弁護士は『あすなろ』を訪ねてきたのだろう。一体、何のためか。

「もしかしたら、情状証人を頼むつもりですかね」中町がいった。「ほら、前に五代さんもいってたじゃないですか。裁判で証人に呼ぶとしたら、検察側じゃなくて弁護側じゃないかって」

「いったけど、まさか本当にやるとは思わなかった」五代はビルを見て、少し考えてから中町に視線を移した。「今夜は声をかけてくれてありがとう。楽しかった。また暇な時にでも飲みに行こう」

中町は、はっとしたように目を見張った。

「『あすなろ』に行く気ですね。俺も御一緒させてください」

五代は苦笑し、顔の前で手を振った。

「単なる個人的な興味、野次馬だ。それなのに君と一緒だと、向こうからは捜査の一環にしか見えない。申し訳ないけど、今夜は一人で行かせてくれ」

「えー、そうですか」中町は無念そうに両方の眉尻を下げた。「わかりました。残念だけど、諦めます。その代わり、どんな話が聞けたか、今度教えてくださいよ」

「ああ、わかった。じゃあな」

「がんばってきてください」

五代は頷き、軽く手を上げてからビルに向かった。胸の中では、一体何をがんばるんだ、と呟いていた。

ラーメン屋の脇にある階段を上がりながら時計を見ると午後十時四十五分だった。しかし『あすなろ』の入り口には、まだ『営業中』の札が掛かっている。戸を開け、店内に足を踏み入れた。

割烹着姿の浅羽洋子が駆け寄ってきて、「すみません。ラストオーダーが――」といったところで言葉と足を同時に止めた。五代の顔を見たからだろう。

「ラストは十一時でしたね。それで構いません」五代は店内を見回した。テーブル席に二組の客が残っている。「できればカウンター席で」

洋子は呼吸を整えるように胸を一度だけ上下させると、「では、こちらへ」と営業用の笑みを浮かべ、案内してくれた。カウンターの中では浅羽織恵が硬い表情で立っている。五代は、こんばんは、と声をかけてから椅子に腰を下ろした。

洋子がおしぼりを持ってきて、「何になさいますか」と尋ねてきた。

「日本酒を貰いましょう」

五代の言葉に、洋子は眉を動かした。「お酒、大丈夫なんですか」

「勤務中ではないですから」織恵のほうをちらりと見てから洋子に目を戻した。「お薦

め は何かありますか」

「だったら、これなんかいかがですか」洋子は飲み物のメニューを開き、『萬歳』という文字を指した。「キリッとしていて、飲みやすいですよ」

「じゃあ、それを冷やで」

「かしこまりました」

洋子はカウンターの内側に入ると、棚から出した一升瓶の酒を、ガラスの冷酒器に注ぎ始めた。

どうぞ、と織恵が五代の前に小鉢を置いた。海老とワカメの酢の物だ。お通しらしい。

洋子が切り子のぐい呑みと冷酒器を運んできて、一杯目を注いだ。五代は一口飲み、なるほど、と首を縦に動かした。香りが良く、のどごしがいい。

「気に入っていただけましたかね」洋子が訊いてくる。

「最高です。飲みすぎに気をつけないと」

箸を取り、お通しをつまんだ。こちらも美味だ。日本酒に合う。

五代はテーブル席のほうを窺った。二組の客はそれぞれに話が弾んでいるようで、当然のことながらカウンター席には目もくれない。

「さっき、このビルから堀部弁護士が出てくるのを見かけました」五代は織恵を見上げていった。

横で片付けを始めていた洋子の手が止まった。

「うちを見張ってたんですか」織恵が訊いてきた。

五代は薄く笑い、首を横に振った。

「何のために見張るんですか。そんなわけないでしょう。たまたま見かけたんです。それで、ちょっとお邪魔してみようかと思いついたわけで」

織恵は洋子のほうを見た。刑事の言葉を信用していいものかどうか、目で相談しているのだろう。間もなく、そうですか、と彼女は淡泊な口調で答えた。とりあえず信用してもらえたらしい。

テーブル席の客が、すみません、と声を上げた。はい、と返事して洋子が行った。会計を頼まれているようだ。

「手紙を持ってこられたんです」やや俯き加減の織恵が小声でいった。

「手紙？」

「倉木さんから預かってこられたとかで」

「ああ……そうでしたか」

拘置所から外部に手紙を郵送することは可能だが、弁護士が仲介することはよくある。どういう内容かと尋ねたいところだが、黙っていた。事件は解決している。

残っていた二組の客は、結局どちらも会計を済ませて店を出ていった。彼等を見送った洋子が戻ってきて、五代の隣に座った。ぐい呑みが空になっているのに気づいたらしく、冷酒器で注いでくれた。

「お詫びしたい、という内容でした」洋子はいった。「倉木さんの手紙」

「……そうなんですか」

「五代さんはもちろん、とっくに御存じだったわけですよね。倉木さんが東岡崎の事件の犯人だったってことは。知っていながら、そのことは隠して、私らのところへ話を聞きに来ておられた。そういうことですよね」

「上司から、そのように命令されていたので……」言い訳じみた口調になっているのを五代は自覚した。命令、というのは便利な言葉だとも思った。

「まあ、それは別にいいんですけどね。どっちみち、検事さんから聞かされたわけだし」

「驚かれたでしょうね」

洋子は口元を緩め、ふんと鼻から息を吐き出した。

「あんな話を聞いて驚かない人間がいたら、顔を見たいですよ」

でもね、と彼女は続けた。

「それで倉木さんのことが憎くなったかって訊かれたら、正直よくわからないんですよ。ずっとよくしてもらってきたし、良い人だと思ってましたからね。いえ、今だってそう思ってます。きっと何もかも、やむにやまれずだったんですよ。根っからの悪人なら、冤罪で自殺した者や、その家族のことなんて考えないでしょ？　私らのことを捜し出すのでさえ大変だったと思いますよ。検事さんは、私が倉木さんの悪口をいうのを期待していたみたいですけどね」

五代は上着の内ポケットから折り畳んだ紙片を取り出し、洋子の前に置いた。『週刊世報』の例の記事だけを切り取ったのだ。「これ、お読みになりましたか」

洋子は一瞥《いちべつ》し、げんなりしたように口元を歪めた。

「今朝、織恵が見つけて買ってきました。そんなもの読んだってしょうがないっていったんですけどね」

「だって、勝手に変なことを書かれてたら嫌じゃないの」織恵が唇を尖らせた。

「記者は、この店に来たんですか」二人を交互に見ながら五代は訊いた。

「自宅ですよ」洋子が答えた。「急に押しかけてこられたもんだから、えらい迷惑でした。三十年以上も前のことをほじくり返して、あれこれ尋ねてくるんですけど、何も答えたくないといって追い返しました」

記事には、『そっとしておいてほしい、とのことだった。』と書かれていたが、ずいぶんとニュアンスが違う。

「倉木がこの店の常連だったことを記者は知っている様子でしたか」

「さあねえ、そのことは訊いてこなかったです。もし知っていたら、もっと粘ったかもしれません」

そういうことかと納得した。記事がそのことに全く触れていない点が不思議だったのだ。たぶん南原という記者は、倉木が過去に犯した事件を突き止めただけで満足してしまったのだろう。

また洋子が酒を注いでくれた。それで冷酒器は空になった。

「堀部弁護士は手紙を届けただけですか。ほかに何か話は――」そういってから五代は顔をしかめ、頭を掻いた。「すみません。答える必要はないです」

「別に疚《やま》しいことはありませんから、お答えしますよ」洋子がいった。「あの弁護士さんは、私たちの様子を見に来られたんです」

「様子……とは？」

「ショックのあまり店を開けられなくなっているんじゃないかとか、おかしな噂が立って客足が遠のいてるんじゃないかとか、倉木さんはいろいろと心配しておられるそうです」

「そういうことでしたか」

「だからね、弁護士さんに、倉木さんにはこう伝えてくださいとお願いしたんです。私らは大丈夫ですから、身体に十分気をつけて、しっかりと罪を償うように、と」

そういった洋子の顔を見て、五代はぎくりとした。笑みを浮かべているが、皺に包まれた目に潜む光は、口先だけの言葉ではないと力強く語っていたからだ。

本気だ、と五代は感じた。この母娘は心の底から倉木を慕っている。

ぐい呑みに残った酒を飲み干し、五代は腰を上げた。「帰ります。お勘定を」

「今夜は私の奢りです」洋子がいった。

「いや、そういうわけには」

「お気になさらず。その代わり、今度お仲間といらしてくださいな」

思いがけない言葉に、どう対応していいかわからず五代が当惑していると、がらりと戸の開く音が背後から聞こえた。振り返ると、ベージュ色のコートを羽織った男性が入ってきたところだった。

今夜はもう閉店です――洋子がそういうだろうと思った。しかし彼女は黙っている。代わりに声を発したのは織恵だ。「十二時頃っていわなかった？」

その口調には驚きと非難、そしてわずかだが親しみが込められているようだった。たしかなのは彼女たちにとって、男性は全く見知らぬ人物ではないということだ。

「用が早く片付いたものだから」そういって男性はコートを脱ぎ始めた。中に着ているスーツは、一目で上質とわかるものだ。

年齢は四十代半ばといったところか。鼻が高く、顎が細い。短く刈り込んだ髪には清潔感があった。

男性は五代のほうを見ようとはせず、無言でそばのテーブル席についた。どうかお構いなく、とでもいうようにスマートフォンの操作を始めている。

五代さん、と洋子が呼びかけてきた。「今夜はありがとうございました。またよろしくお願いいたします。おやすみなさいませ」

何も訊かずに早く帰れ、といわれているのだと気づいた。

ごちそうさまでした、と洋子にいい、織恵にも頭を下げてから出口に向かった。横目でちらりと男性の様子を窺ったが、先程と姿勢は変わっていなかった。

24

流し台で食器を洗っていたら、インターホンのチャイムが鳴った。タオルで手を拭き、モニターに映っているのが堀部の顔であることを確認してから受話器を取った。どうぞ、といって解錠ボタンを押す。モニターの堀部は頭を下げてから姿を消した。

和真は急いでダイニングテーブルの上を片付けた。時刻は午後十一時を過ぎている。今日は一日中食欲が湧かず、遅くになってからインスタントラーメンを食べたのだった。

玄関のチャイムが鳴った。小走りで出ていき、鍵を外してドアを開けた。こんばんは、と堀部が会釈していった。お疲れ様です、といって和真は弁護士を招き入れた。

ダイニングテーブルを挟んで向き合うと、「まず、気になっておられることからお話ししましょう」といって堀部は鞄から『週刊世報』を出してきた。「夕方、編集部に電話をかけました」

「どうでしたか」

うん、と堀部は浮かない顔つきで顎を引いた。

「結論からいえば、抗議は受け入れられませんでした。訂正記事は出せないと」

「でも僕は、あんなふうにはいってないんです」

ちょっとすみません、といって和真は『週刊世報』を引き寄せ、問題のページを開いた。

『そこで倉木被告の長男に直撃してみたところ、次のような答えが返ってきた。

「現在はともかく、当時は十五年という時効があったわけだから、過去の事件に対する父の償いは済んでいると思いたいです」

要するに過去に関してはリセットされているので、裁判では今回の犯行だけで量刑を決めてほしいということらしい。』

以上のように書かれている部分を和真は指差した。「こんなことはいってない」

だが堀部の難しい顔つきは変わらない。

「ボイスレコーダーに残っているんだそうです」

「ボイスレコーダー？」

「南原という記者が持っているボイスレコーダーです。そこにあなたとのやりとりを録音していたようです。編集部としてもいい加減な記事を載せるわけにはいかないし、加害者の家族の発言となれば間違いがあったら大変なので、録音内容をチェックしたらしいです」

「そこに僕の声が残っていると？　で、こんなふうにしゃべっていると？」

「この通りではない、とはいっていました。しかし要約すれば、こういうことだったと。お父さんの償いは済んでいると思いますか、という記者の問いに対して、済んでいると思いたいです、とあなたが答えているのは間違いないとか。お心当たり、ありませんか？」

そういわれ、あの時のやりとりか、と思い出すことがあった。殺人罪の時効について、南原から意見を尋ねられた後だ。達郎のためにはどう答えればいいのかわからなくなり、頭が混乱していた。

「どうやら、あるみたいですね」堀部が気まずそうな目を向けてきた。

「でもあれは誘導されてしゃべってしまったことで、僕の真意じゃないです」

「そうだろうと思います。あの手の連中は、自分が求める発言を引き出すためには、あらゆる手を使いますからね。誘導尋問の巧《うま》さにかけては私たちも舌を巻きます。とはいえ、録音されてしまったのだとしたら、もうどうしようもありません。誰かから何かいわれたら、その都度根気強く説明するしかないです」

「相手がネットの場合は？　ＳＮＳで説明したらいいですか」

和真の問いに堀部は、とんでもない、と目を丸くした。

「だめです。炎上するだけです。今は何もしないでください。裁判にとっても、いいことは何ひとつありません」

「会社に抗議が来ているそうなんです」

「その対応は会社に任せましょう。大丈夫、会社にだって、その道のプロはいるはずです」

和真は深くため息をつき、右手で目元を覆った。軽く頭痛がする。気分が悪くなり、先程食べたラーメンが胃袋でもたれてきた。

『週刊世報』に記事が出ていることを教えてくれたのは上司の山上だ。昼間、電話がかかってきたのだ。もちろん、厚意で知らせてくれたのではない。山上によれば、事件のことでこれまでに何度か問い合わせをしてきた輩が、記事を読んで、改めて抗議の電話をかけてきたらしい。

時効のおかげで罪が償われたと思っているなんてけしからん、そんな人間を雇っているのか、すぐにクビにしろ——そういう内容のようだ。

なぜ週刊誌の取材なんかに応じたのか、応じるにしても、どうしてもっと慎重に発言しなかったのか、と山上は詰問してきたのだった。

何のことかわけがわからず、記事を読んでから改めて連絡しますといって電話を切った。そしてすぐに『週刊世報』を買いに出た。

記事を読み、唖然とした。時効によって刑を免れた殺人犯が存在する理不尽さを糾弾しているのはいい。しかし最後に出てくる倉木被告の長男の発言だとする部分は、全くの捏造《ねつぞう》だと思った。和真には覚えのないことが書かれていた。

山上に連絡をし、そのように説明した。

だったら法的措置を執るべきじゃないのか、と山上はいった。

「弁護士の先生に相談して、出版社に抗議します」

電話を切った後、すぐに堀部に相談した。

「わかりました。記事を確認し、出版社に抗議してみましょう」堀部はそういってくれたが、何となく口調は重かった。その時点で弁護士には、おそらく無駄だろうと予想がついていたのかもしれない。

「今後は気をつけてください。迂闊には取材に応じないように」

堀部の言葉に、用心します、と和真は項垂《うなだ》れた。

「先程、浅羽さん母娘に会ってきました」堀部が声のトーンを少し上げた。「倉木達郎さんからの手紙を届けたんです」

「手紙……どういう内容ですか」

「それはもちろん詫びる内容です。一九八四年の事件の真犯人は自分で、もし自首していれば冤罪は生じなかった、本当に申し訳ない——まあそんなところです。今まで告白できず、あろうことか罪を重ねたことにも強く反省した文面になっていました」

「受け取ってもらえたんですか」

はい、と堀部は答えた。

「それだけでなく、比較的いい感触も得られたんです」

「いい感触？　どういうことですか」

「浅羽洋子さんから、倉木達郎さんに伝えてほしいといわれたことがあるんです」堀部は鞄からノートを出し、広げた。「自分たちは大丈夫ですから、身体に十分気をつけて、しっかりと罪を償ってください。――いかがですか？　達郎さんに対して、さほど悪い感情を持っているようには感じないと思いませんか」

「それはまあ、そういう言葉だけを聞けば、そんなふうに思わないこともありませんけど」

　堀部は首を強く左右に振った。

「営業時間内だったので今夜はゆっくりとは話せませんでしたが、お二人とも達郎さんの体調なんかを心配しておられたりして、場合によっては大きな味方になってくれるんじゃないかという感触を得られました」

「味方って？」

「検察側は浅羽さん母娘を証人に呼ぶ気はないようです。自分たちに有利なことを話してくれる見込みが薄いと判断したからだと思います。逆にいえば、こちらの情状証人になってもらう手があるということです」

　堀部の話に和真は驚き、当惑した。

「なってくれるでしょうか。父のせいで浅羽さん母娘は大黒柱を失ったんですよ」

　堀部は少し身を乗り出してきた。

「冤罪自体は達郎さんとは無関係です。あくまでも警察のミスです。達郎さんが自首する機会を失ったのも、そのせいだといえます。『ショーシャンクの空に』という映画を御覧になったことはありますか」

　いいえ、と和真は答えた。

「冤罪で終身刑になった銀行員の物語です。後半になって、真犯人を知っている人物が登場するのですが、彼によれば真犯人は、間違って銀行員が逮捕されたことを、じつに楽しそうに話していたそうです。申し訳ないなんていう気持ちはこれっぽっちもない。しかし本当の悪人というのは、そういうものです。浅羽さん母娘に詫びたいという気持ちを失わなかった達郎さんが特別なんです。そのことがわかるから、彼女たちも悪感情を抱けないのだと思います。それだけの人間関係を達郎さんは築いておられたということです」

堀部の熱弁を聞きながら、和真は先日『あすなろ』に行った時のことを思い出していた。最後まで自分の素性は明かさなかったが、一度だけ織恵と目が合った瞬間があり、もしかすると達郎の息子だと気づかれたのではないかと思った。

もし今の堀部の話が本当ならば、達郎から家族写真を見せられたりして、彼女たちが和真の顔を知っていた可能性はある。

「どうかされましたか?」和真の反応が鈍いからか、堀部が訊いてきた。

「いえ……浅羽さんたちが情状証人になってくれたらいいなと思います」

「今夜、とりあえず顔つなぎをしましたので、次に会いに行く時には打診してみようと思っています。とはいえ、慎重に事に当たる必要はありますがね。好意に甘えてつけあがっているような印象を持たれたらまずいですから」堀部はノートを鞄にしまい、さらに『週刊世報』も手に取った。だが鞄に入れる前に、「これ、置いていきましょうか」と尋ねてきた。

和真は首を振った。「結構です」

でしょうね、といって堀部は週刊誌を鞄に詰めた。「私からは以上です。何かお訊きになりたいことはありますか」

「例のことは父に訊いていただけましたか」

「例のこと？」

「東岡崎の事件についてです。ずっと家族にも隠し続けるつもりだったのか、それともいずれは打ち明けるつもりだったのか、父に訊いてみてほしいと前にお願いしたと思うのですが」

「そのことですか」堀部は金縁眼鏡に手をやった。「達郎さん本人に確かめました。答えはこうです。話せるわけがない、あの秘密は墓場まで持っていくつもりだった、と」

和真は頭をゆっくりと揺らした。「やっぱりそうですか……」

それはそうだろうな、と思った。逆に自らに問いかけてみる。もし打ち明けられていたら、自分はどうしたのか。すべてを公表すべきだ、とでもいったか。そんなことはなかっただろう、と断言できる。世間には隠し通すという方針に従ったはずだ。

「父は、やはり僕と会う気はないのですね」

「説得しているのですが、合わせる顔がない、縁を切ってもらっていい、むしろ切ってもらいたい、その一点張りです」

和真は天井を見上げた。目眩がしそうだった。

「ほかに何かありますか？」

　堀部に訊かれ、気になっていることを思い出した。

「遺族の方はどうしておられますか。被害者参加制度をお使いになるという話でしたけど」

　先日、堀部が電話で、そのことを伝えてきたのだ。だが詳しいことは聞いていない。

「準備を進めておられるようです。代理の弁護士が検察官と打ち合わせを始めたとか」

「すると御遺族はすでに事件の概要は把握しておられるわけですね」

「検察官がどの程度まで情報を見せているかによりますが、本件の場合ですと特に隠す部分はないように思いますから、概《おおむ》ね把握しておられるはずです」

「だったら、僕がお詫びに行くというのはどうですか。前にそういったら、先方から質問攻めに遭うだけだと先生はおっしゃいましたけど」

　堀部は、いやそれは、と眉間に皺を寄せた。

「やめておいたほうがいいでしょう。被害者参加制度を使うということは、遺族の人たちは達郎さんに何かをいいたい、あるいは訊きたいことがあるわけで、あなたには用はないんです。息子さんに謝ってもらう筋合いはない、といわれるのが落ちだと思います」

「でも、それではこちらの気がすみません」

「それはあなたの都合でしょう」

びしりといわれ、和真は返す言葉がなくなった。こちらの都合――たしかにそうだ。

「被告人の中には、法廷で遺族に土下座をする者がいます。しかし殆どの遺族はそんなことを望んでいないし、情状酌量を狙ったパフォーマンスとしか思いません。多くの場合、検察官から異議が出て、裁判官にやめるようにいわれます。情状証人にしても同じです。おそらくあなたにも法廷に立っていただくことになると思いますが、話をする相手はあくまでも裁判官や裁判員たちであって、遺族ではないということを忘れないでください」

淡々と語った堀部の言葉の一つ一つが、胃袋の底に落ちていくようだった。わかりました、と和真は呻くように答えた。

では私はこれで、といって堀部が立ち上がった。

「あの……先生、僕に何かできることはないでしょうか」

堀部は唇を結んで考え込む顔をした後、腕を伸ばして和真の肩を叩いた。

「今は、ただひたすら耐えることです」

またしても返す言葉が思いつかなかった。呆然と立ち尽くしていると、おやすみなさい、といって弁護士は背中を向けた。

25

待ち合わせ場所は赤坂にあるホテルのラウンジだった。約束の時刻より十分ほど早い。相手の姿はまだなかった。

ウェイターに人数を尋ねられたので、二人です、と美令は答えた。「なるべく隅の席がいいんですけど」

かしこまりました、と答えたウェイターは内庭を眺められるテーブル席に案内してくれた。隣のテーブルと少し離れているので、会話を聞かれる心配はなさそうだ。

腰を下ろし、バッグからスマートフォンを取り出した。友人からのメッセージが届いている。CA時代の同期で、今は専業主婦だ。今回の事件後も頻繁にやりとりをしている。健介の葬儀にも駆けつけてくれた。

『文化人気取りのアホのいうことなんか気にしなくていいからね。単に人と違うことい って目立ちたいだけ。案の定、炎上してるし』

メッセージを読み、美令は複雑な気持ちになった。励ましてくれるのはありがたいが、微妙に誤解されているという思いは消えない。それでも何も応えないわけにはいかないので、『ありがとう！　負けないから安心して』と返しておいた。

そのまま続けてネットの記事をチェックした。ざっと確認したところ、新たに不愉快なものは見当たらなかったので、胸を撫で下ろした。

スマートフォンで気になるニュースを見つけたのは今朝早くだ。『週刊世報』の記事へのコメントで炎上、という一文が目に留まった。それによれば、ワイドショーのコメンテーターとしても活躍している男性政治評論家が、先日発売された『週刊世報』の『時効は恩赦か？　罪に問われない殺人者たちのその後』という記事についてのコメントをSNSに書き込んだところ、その内容に反発する意見が殺到しているらしい。

コメントの内容は、『いくら殺人罪の時効は廃止されたといっても、すでに時効が成立した事件については罪に問えないと決まっているわけだから、当事者以外の人間があだこうだいうべきではない。この弁護士さんは「すべてを明らかにすべき」といって倉木被告に迫ったそうだけど、どうするかは本人が決めることでしょう。誰にだって隠したい過去はある。それを暴こうとする者がいたら抵抗したくなるのは当然。もちろん、だからといって殺していいわけがないけど、この弁護士さんにも落ち度はあったんじゃないかな。私なら、どんなふうに時効の日を迎えたのか、その時、どんなことを考えたのか、じっくりと話を聞く。だって、そんな機会はめったにない。ていうか、ふつうに生活していたら、たぶん一生ないと思うし。』というものだった。

『週刊世報』の記事は美令も読んでいた。南原という名前には覚えがあった。綾子が話していた、自宅に押しかけてきたしつこい記者だろう。

記事を読み、何となく釈然としないものを感じた。間違ったことが書かれているわけではないと思うのだが、的外れという印象を受けた。少なくとも、美令が読みたかったものではなかった。

記事の最後の段落は、『さてもしあなたが裁判員ならどう考えるだろう？　倉木被告は一人を殺しただけの被告人として扱っていいのだろうか。』だったが、今回の事件の重要ポイントは本当にそこなのだろうか、と疑問が湧いてしまう。

唯一気になったのは、倉木の長男の発言だ。過去の事件に対する父の償いは済んでいると思いたい、と語っている。家族としては当然の、正直な気持ちだと思うが、裁判前の大事な時期だということを考えれば軽率すぎる気がする。

だが『週刊世報』を読んだ直後の感想は、その程度だった。相変わらず週刊誌というのは、他人の不幸も商売の種にするんだなと思っただけだ。

ところが今朝になって、この騒ぎだ。

政治評論家のコメントを読めば、炎上するのも無理はないと思った。逃げ得をした殺人犯の味方をするのかとか、遺族の身になって考えろ、といったことが次々に書き込まれたようだ。しかしこの政治評論家は、たまにこうした刺激的な発言をわざとすることで注目を集め、それを仕事に利用している。今回も、炎上は想定の範囲内だろう。

だが美令としては、別の理由でこのコメントは見逃せなかった。

健介が「すべてを明らかにすべき」といって倉木達郎を責めたことを、揺るぎない事実として書いている点が気に入らなかった。美令が最も疑問に思っている点なのだ。だからこのコメントに対して批判が殺到しようが、溜飲など下がらなかった。友人たちの励ましのメッセージも胸に響いてこない。

苛立ちから組んだ脚を揺すっていると、不意に足元が暗くなった。続いて、こんにちは、と頭上から声が聞こえた。顔を上げると佐久間梓がバックパックを背中から下ろすところだった。

　美令は立ち上がって挨拶をしようとしたが、笑顔と手の動きでそれを制した後、佐久間梓は腰を下ろした。

　ウェイターが近づいてきたのでコーヒーを二つ注文した。

「先程検察に電話をしたところ、予定通りの時刻に来てください、とのことでした」佐久間梓がいった。

「そうですか。いろいろとありがとうございます」美令は頭を下げた。

「少し緊張しておられるみたいですね」佐久間梓が顔を覗き込んできた。

「それは、やっぱり。検察庁に行くのなんて初めてですし」

「被告人側ではないんですから、どうか気を楽に」女性弁護士は黒縁眼鏡の向こうで目を細めた。「といっても、無理ですよね。自然体で結構です」

「はい」

　コーヒーが運ばれてきた。美令はミルクを少し入れて飲んだ。

「あの……佐久間先生は『週刊世報』をお読みになりましたか」

佐久間梓はカップに手を伸ばしながら表情を変えずに、読みました、と答えた。

「特に問題のない記事で、参考になるようなことはなかったと思いますが」

「でもあの記事を読んだ人は、父がどういう人間だったかを勝手に想像してしまいます。事実、政治評論家がＳＮＳにコメントを書いて、それで炎上したりして、あまりいい気持ちはしません」

佐久間梓は少し考え込む顔をしてから頷いた。

「わかりました。では、続報などを掲載する予定があるかどうか、出版社に問い合わせておきます。もしあるのならば事前に原稿を見せてほしいと要望を出しておきましょう」そういってバックパックから手帳とボールペンを取り出すと、さらさらとメモを取った。

公判担当の検察官は今橋《いまはし》という広い額と高い鼻が特徴的な人物だった。年齢は四十代半ばといったところか。肩幅があるので、スーツがよく似合っている。

自分の言葉で話したほうがいい、と事前に佐久間梓からいわれていたので、美令は記録の謄写を読んで感じた疑問――健介の言動とされている部分が本人らしくないと感じることを率直に今橋にいってみた。

話を聞いている途中、今橋は何度か頷いていた。美令の話が終わると、「おっしゃっていることは大変よくわかりました」といった。「お父様の人間性に関わる部分ですからね、御遺族としてはこだわりたいところであろうことは十分に理解できます」

ただ、と彼は続けた。

「佐久間先生からお聞きになったかもしれませんが、被告人と被害者との間にどういうやりとりがあったかは、被告人に訊くしかないわけです。そして話を聞くかぎり、さほど不自然な点はないし、事件の態様とも矛盾しません。もしかしたら言葉の使い方など、実際とは多少違っていたかもしれませんが、裁判を進める上では特に問題はないと思うのですが、いかがでしょうか」

「いえ、言葉の使い方とかそういうことではなくて、そもそも父がそんな対応をするわけがないといっているんです。時効が成立している人の過去を責めたとか、暴こうとしたとか、意味がわかりません」

うーん、と今橋は唸った。

「でもそういうことがあったから、お父様は被告人に刺されたわけです。なければ、刺されていなかった。違いますか？」

「だから、そこが納得できないんです。被告人が嘘をついている可能性はないんですか」

「倉木達郎が、ですか」今橋は眉の上あたりを掻いた。「何のために？」

「それはわかりませんけど……」

ふむ、といって今橋は人差し指を立てた。

「もしかするとおっしゃるように、お父様はそんな言い方はしなかったのかもしれない。被告人を強く責めるような態度も取らなかったのかもしれない。しかし、被告人が勝手に違うふうに解釈してしまった、ということは考えられるのではないですか。つまり実際にお父様がどんなふうにおっしゃったかは、この際関係ないのです。大事なのは、倉木被告人がどのように感じたかです」

「でもそうすると、父は誤解されたせいで殺されたことになります」美令は唇を尖らせ、声を荒らげた。

「そうですね、もしそうだったのだとすれば」検察官は表情を殆ど変えず、あっさりといった。「しかし誤解があったのかどうかは誰にもわからない。倉木被告人にさえもわからない。何しろ本人は、正直に話しているつもりですからね」

「それが嘘かもしれないじゃないですか」

「たしかに。でも本質的な問題ではありません」

美令は首を捻った。「そうでしょうか」

今橋は机の上で両手の指を組んだ。

「少し極端なことをいいます。おっしゃるように、倉木被告人が嘘をついている可能性は十分にあります。逮捕されるまでに少々時間がありましたから、辻褄の合うストーリーを組み立てることは難しくなかったでしょう。被告人は、冤罪で苦労した浅羽さん母娘に遺産を譲りたいと思って白石弁護士に相談したといっていますが、それ自体が情状酌量を狙った嘘かもしれない。実際にはそんなことはいっておらず、単にかつて自分が時効によって殺人罪を免れたことを、酔った勢いとかで白石弁護士に話しただけかもしれない。そしてそれに対して白石弁護士は何もいわなかった。被告人を責めたりもしなかった。だが後になってから被告人は、もしかすると白石弁護士が誰かに話すのではないかと不安になり、それで殺すことにした——案外真相はそんなところかもしれません」

美令は瞬きし、背筋を伸ばしていた。「もしそうだとしたら、話が全然違ってくるじゃないですか」

「いえ、違わないのです。成り行きはどうあれ、時効になった過去の殺人を打ち明けてしまったことを後悔し、口止めするために殺害した、という点では何も変わりません。いずれにせよ身勝手で自分本位な動機です。そんな動機ですから、それが生じた経緯など、この際問題ではないのです。裁判員たちだって考慮しないでしょう。考慮されない部分ですから、被告人には好きなようにしゃべらせておけばいい、というわけです」

おわかりいただけましたか、と今橋は尋ねてきた。

「何だか釈然としません。裁判という場で、父が融通の利かない、ただ正義をふりかざすだけの人間のようにいわれるのは」

「お気持ちはよくわかります。しかし、その部分をやたらと掘り下げるのは得策ではないのです。殺害の事実、方法については全く争いがありません。量刑に最も大きな影響を与えるのは結果の重大性です。被害者が殺害され、死体が遺棄された、という結果がどれほどに重大なものか、ということです。本件の場合、動機はさほど重要ではないはずなのに、そこに疑問を差し挟むと、裁判員たちが戸惑います。時効が成立している犯罪について責めるのは是か非か、なんていう不毛な論争に陥ることは避けたいのです」

「でも佐久間先生によれば、犯行直前の父の態度がどんなものだったかが重要だって……。なぜ犯行を思い止まらなかったのかが争点になるんじゃないかって……」

美令は佐久間梓のほうを見て、そうですよね、と確認した。女性弁護士は小さく顎を引いた。

「弁護側が強いて主張するとすればそこだ、というだけのことです」今橋はいった。

「凶器を用意していたのですから、それだけで計画性の有無は明白です。白石弁護士とのやりとりを、多少自分の都合のいいように主張してくる可能性はありますが、それで何かが大きく変わることはないだろうと私は予想しています。さっきもいいましたが、好きなようにしゃべらせておけばいいんです」

「……そういうものなんですか」

「本件に関してはそれが最善策だと思います。情状酌量の余地はないでしょう」

「浅羽さん母娘のことはどうなんですか。被告人のことをあまり憎んでおられないと伺いましたけど」

「あの母娘を証人に呼ぶ予定はありません。もしかすると弁護側が希望するかもしれませんが、私は彼女たちが法廷で何をいおうが、倉木被告人が過去の事件を反省している証拠にはならないと考えています。だってそうでしょう？　浅羽母娘は被告人が過去に起こした事件の、直接の被害者ではない。被害者は――」今橋は手元のファイルを素早く開いて視線を走らせた。「一九八四年に起きた事件の被害者は灰谷という金融業を営んでいた男性です。もし倉木被告人が本当に悔いているのなら、灰谷さんの関係者に詫びるのが筋ではないですか。ところがこれまでのところ、そういう証拠は弁護側から提示されていません。私はその点も、法廷では強く主張するつもりです」

武器はいくらでもある。だから余計なことはしないほうがいい、と説得されているように美令は感じた。しかしいい返す言葉は見つからなかった。

「納得していただけたのなら、公判に向けての打ち合わせをしませんか。あまり時間もありませんので」今橋が腕時計を見ながらいった。

納得はしていなかったが、はい、と美令は仕方なく答えた。裁判の準備は時間のかかるものだということは、健介からよく聞かされていた。

「では率直に伺います」今橋がいった。「被害者として、法廷で被告人にはどんなことを質問したいですか」

美令は佐久間梓のほうを見た。女性弁護士が勇気づけるように大きく頷いてきた。

息を吸った。綾子と二人で熟考したことを頭に思い浮かべた。

「被告人には、こう尋ねたいです。あなたは自分のことをどんな人間だと思っていますか。自分のせいで苦痛を味わった遺族に心の底から詫びようとする、反省の心を持った人ですか。それとも過去の罪を暴こうとする者がいたら、殺してしまうような身勝手な人ですか。もし、両方共あなたなのだとしたら、新たに生み出してしまった不幸な遺族には、どちらの顔を見せ、何をしてくれるのですか」

そらんじたことを語った後、いかがでしょうか、と美令は検察官を見た。

今橋は渋面を作っていた。その顔のままで低く唸った。気に食わないのだろうかと美令が心配しかけた直後、彼は大きく頷いた。そして、素晴らしい、といって手を叩いた。

26

マンションとビルに挟まれた一方通行の道路を進んでいくと、前方に広い道路が現れた。信号機はなく、路面には止まれと大きく書かれている。一台の軽トラックが一旦停止をした後、そろそろと左折していった。

道路の右端を歩いていた和真は、そのまま広い道路に沿って右に曲がった。歩道の幅にも余裕がある。ベビーカーを押す女性を、ウインドブレーカーに身を包んだランナーが、スピードを緩めることなく悠々と追い越していった。

すぐ目の前に橋が迫っていた。隅田川に架かる清洲橋だ。和真は立ち止まり、橋を眺めた。青く塗装された鉄骨が、優雅な曲線を描いている。橋の向こうに見える建物の窓ガラスが、夕日を反射して赤く光っていた。

深呼吸を一つした後、再び歩きだした。自分の意思でやってきたのだ。ここまで来て、引き返すわけにはいかない。

視線を落としたまま、黙々と前に進んだ。橋を渡りきったところで、ようやく顔を上げ、右側に視線を向けた。

隅田川の堤防に沿って、遊歩道が整備されていた。隅田川テラスというらしい。階段があったので、下りていった。この階段は達郎の供述調書にも出てくる。

和真はスマートフォンを取り出し、現場を撮影した画像を表示させた。詳しい地図と共に堀部から送ってもらったものだ。

現場を見に行きたいという和真の話に堀部は、「あまりお勧めしませんがね」と電話口で釘を刺してきた。その理由については、意味がないから、と素っ気なく答えた。

「事件に向き合わねばならないのは被告人の達郎さんであって、あなたじゃない。むしろあなたは、一刻も早く事件から切り離された生活を取り戻す方法を考えるべきです」

「でも一度、この目で見ておきたいんです。父がどこで何をしたのかをしっかりと胸に刻んでおきたいんです。お願いします」

堀部のため息が聞こえた。

「そこまでおっしゃるのなら仕方がないですね。だけどいっておきますが、通りかかるだけにしてください。さりげなく眺めたら、速やかに立ち去るんです」

「立ち止まってもいけないんですか」

「少しぐらいは構いませんが、長居は無用です。一応訊きますが、まさか花とか供え物とかを持参する気ではないでしょうね」

「それは考えていませんでしたが……」

「だったらいいんですが、そんなことは絶対にやめてくださいね。どこで誰が見ているかわかりません。加害者の家族が現場に供え物をしていた、なんてことをネットに書かれたりしたら後が厄介です。世間は冷淡で悪意に満ちています。情状酌量を狙ったパフォーマンスだとしか思いません。そういう意味でも、あなたが現場に行くことにメリットはないんです」堀部の口調は鋭い。裁判前の忙しい時に面倒臭いことをしないでくれ、といわんばかりだ。

「わかりました。肝に銘じておきます」

弁護士の言葉を反芻しながら、和真はスマートフォンを手に隅田川テラスを歩いた。やがて足を止めた。画像に一致する場所が見つかったからだ。周囲を見回し、思わず頭を振った。今の状況を見れば、ここで殺人が行われたとは、ふつうは思わないだろう。事件当時は工事をしていて行き止まりになっていたらしいが、すでに工事は終わり、壁は撤去されている。散歩している人々の姿がちらほらとあった。

もしこういう状況ならば、達郎もここを殺害現場には選ばなかったはずだ。その場合、どうしていただろうか。もっとほかの場所を探していたということか。しかし午後七時前という時間帯を考えると、人目につかずに殺人を犯せるところなど、容易に見つかるとは思えない。見つからなければ、少なくともその日は犯行を断念せざるをえなかったはずだ。

そう考えると和真は、この場所で工事があったこと自体を恨みたくなった。こんなところを行き止まりにしたら、人目につきにくくなり、物騒な事件が起きるかもしれないとは考えなかったのか。もちろん、そんな不満が筋違いの八つ当たりにすぎないことは十分にわかっているが。

それにしても好都合な場所を見つけたものだ——周りを見て、改めて思った。

達郎の供述によれば、上京した後、白石と会うまでの間に探したということだったが、あまりにも行き当たりばったりではないか。本当にたまたま見つかったのだろうか。だが達郎が事前にこの場所を見つけていたとは思えない。もしそうならば、当日の行動が変わっていたはずだ。

事件当日達郎は、東京駅から大手町《おおてまち》まで歩き、そこから地下鉄で門前仲町駅まで行ったと述べている。しかしもし事前にこの場所にしようと決めていたのなら、水天宮前駅《すいてんぐうまえ》に向かうのではないか。門前仲町駅からだとこの場所まで約一・五キロあるが、水天宮前駅からだと、その半分で済むからだ。事実今日和真は、門前仲町駅ではなく、水天宮前駅から歩いてここまでやってきた。

場所を決めていたことを隠すために達郎が嘘をついているとは思えない。ほぼ全面自供をして死刑になることさえ覚悟している人間が、そこだけ真相を話さないというのは不自然だ。

やはり供述通り、門前仲町駅まで行ってから、殺害場所を探してここまで来たと考えるしかない。工事によってこの場所が大都会の死角になっていることに気づいたのは、不幸な偶然というわけか。

それにしても——。

穏やかに流れる隅田川の水面を見つめ、和真は首を傾げざるをえない。この場所で、本当にそんなことが起きたのだろうか。あの達郎が、あの父が、ナイフで人を刺した光景など、どのように想像を働かせてみたところで到底、思い描けなかった。

屋形船が一艘《そう》、目の前を横切っていった。乗ったことはないが、船からだとこの場所はどんなふうに見えるのだろうかと気になった。夜の七時前だとすでに日は落ちているから、暗くて人影は確認できないかもしれない。しかし殺人者の心理として、もし屋形船が通りかかったなら、犯行を躊躇うのではないか。達郎が実行したということは、その時隅田川には船はいなかったわけだ。そういうところも不幸な偶然のように和真には思えた。

階段に向かって歩き始めようとした時、近づいてくる人影に気づいた。グレーのコートを羽織った若い女性だった。彼女が手にしているものを見て、和真は息を呑んだ。白い百合の花だった。ある予感が胸を掠めた。

彼女はちらりと和真のほうに視線を向けたが、すぐに目をそらした。「どこの誰かは知らないけれど、私のことは放っておいて」と訴えているように感じられた。

和真は歩きだした。だが彼女のことが気になって仕方がなかった。階段を上がる前、我慢しきれずに振り返った。

彼女は地面に花を置いていた。さらにその前で跪《ひざまず》き、両手を組んで目を閉じた。間違いなく祈りを捧げるポーズだった。

和真は立ち尽くしていた。早く立ち去らねばと思いながら、足が動かなかった。

彼女が祈っていたのはほんの数十秒なのだろうが、和真には恐ろしく長く感じられた。それにも拘わらず、目を離すことができなかった。だから祈りを終えた彼女が顔を上げた時も、まだその場に留まり、彼女を見つめていた。

二人の間には二十メートルほどの距離があった。それでも何かの気配を感じるということがあるのだろうか、不意に彼女が和真のほうに顔を向けてきた。お互いの視線が空中で交錯し、絡まり、そして離れた。ほぼ同時に、双方が目をそらしていた。ほんの一瞬の出来事ではあったが、和真は激しく狼狽した。急ぎ足で、その場を離れた。後ろを振り返るのが怖かった。

通りに出てからも、歩き続けた。堀部の忠告を忘れ、あの場に留まりすぎたことを後悔していた。いや、忠告を忘れていたわけではない。彼女のことを気にしないではいられなかったのだ。

彼女は何者なのか。あの場所に花を供えて祈りを捧げる人間など、かぎられている。白石健介が殺害された現場はマスコミには公表されていない。

年齢から察して、白石健介の娘ではないか、と和真は思った。遺族側から被害者参加制度を使うという通達が堀部のところに来ていて、代表は長女の名前になっているという話だった。

彼女は何を祈っていたのか。亡き父の安らかな永眠だけではあるまい。裁判を前に、父の無念な思いを必ず晴らしてみせると誓っていたのではないか。被告人は罪を認めているのだから、事実関係では争わない。彼女にとっての勝利とは何か。極刑を望み、それが叶った時こそ闘いが終わる時だという気持ちなのだろうか。

あまりに複雑な思いに和真は息苦しくなった。あの女性が死刑を望んでいる相手は自分の父親なのだという事実を、どうしても受け入れられないのだ。

彼女は和真が被告人の息子だと気づいただろうか。気づいたならば、どう思っただろう。どう感じただろう。父親を殺した犯人と同様に、その家族も憎しみの対象になるのだろうか。

和真は足を止め、周りを見回した。すぐ上を高速道路が並行して走っている。ここは一体どこだ。とりとめのないことに考えを巡らせているうちに、見覚えのないところまで歩いてきてしまったようだ。スマートフォンを取り出し、現在地を確認した。

ここか――画面を見て、合点した。隅田川から離れ、深川に向かっているのだ。このまま高速道路沿いに進み、さらに足を延ばせば門前仲町だ。先日、『あすなろ』に行った時のことを思い出した。

あの時は浅羽母娘が事件についてどう思っているかわからず、名乗ることもできなかった。だが先日の堀部から聞いた話によれば、彼女たちは達郎に悪感情は抱いていないらしい、ということだった。彼の体調を心配してくれてもいたようだ。

会いに行ってみようか、と思った。達郎があの店でどんなふうに過ごしていたのか、彼女たちから話を聞いてみたい。

ほんの思いつきだったが、妙案を得たような気がして、足取りが軽くなった。もちろん和真は自分自身で気づいていた。早くも脳裏に焼き付いて離れなくなっているさっきの女性——事件現場で祈っていた彼女のことを、一時でも忘れたいという思いがあるのだ。

それから門前仲町まで、十分以上かかった。殺害現場を予《あらかじ》め決めていたのなら大手町駅から水天宮前駅に向かったはずだ、という推理には妥当性があると改めて思った。

人通りの多い永代通りの歩道を和真は歩いた。間もなく、雨宮と共に足を運んだ古いビルが近づいてきた。今日は一人なので、やはり少し心細い。ビルの前まで来たところで立ち止まった。一階のラーメン屋は改装中らしく休業している。その脇にある階段を上がるのを躊躇った。

意を決して足を踏み出した時、階段から一人の若い男性が下りてきた。いや、男性というより少年か。年齢はどう見ても十代半ばだ。髪を少し逆立てているが、顔は幼い。パーカーの上からジャンパーを羽織った体つきも華奢だ。

少年に続いて、女性が現れた。彼女を見て、はっとした。浅羽織恵だった。

織恵は少年に向かって、何やら話しかけている。少年は彼女の顔を見ず、面倒臭そうな顔で何度か頷いた後、足早に歩きだした。その後ろ姿を織恵は見送っている。

やがて彼女はくるりと身体を反転させて階段に戻りかけたが、ちらりと和真のほうに目を向けた途端、はっとしたように足を止めた。さらに気まずそうに俯いた。

和真は呼吸を繰り返しながら近づいていった。「浅羽織恵さん……ですよね」

織恵は顔を上げ、はい、と小声で答えた。

「僕は倉木和真といいます。倉木達郎の息子です」

「はい……」

「お忙しいところ御迷惑だと思いますが、お話を伺いたくて、来てしまいました。少しだけお時間をいただけないでしょうか」

織恵の唇が少し動いた。しかし声は発せられない。それが彼女の迷いを示しているように感じられた。

じゃあ、と彼女はようやくいった。「お店のほうで……開店準備で、ばたばたしていますけど」

「お母様もいらっしゃるんですね」

「はい」

「すみません。ありがとうございます」和真は頭を下げた。

階段で二階に上がると、少しお待ちください、といって織恵は店に入っていった。洋子に事情を説明しているものと思われた。

間もなく引き戸が開き、どうぞ、と織恵が頷きかけてきた。

失礼します、といって和真は店内に足を踏み入れた。

店内のテーブルや椅子は奇麗に整頓されていて、いつでも客を招けそうな雰囲気だった。カウンターの中に浅羽洋子の姿があった。和真は彼女の前に歩み出て、お仕事中にすみません、と詫びた。

「この間、お友達といらっしゃいましたよね」洋子がいった。「私は気づかなかったんですけどね、お帰りになった後、織恵がいったんですよ。さっきのお客さん、倉木さんの息子さんだと思うってね」

和真は織恵を見た。

「やっぱり気づいておられたんですね。そうじゃないかとは思ってたんですけど」

「お店に入ってこられた時、すぐに気づきました。倉木さんに似ているって。そう思って眺めてみたら、ちょっとしたしぐさとかがそっくりで、間違いないと思いました」

「すみません。正直に名乗る勇気が出ませんでした。父が何をしたのかを御存じなら、きっと恨んでおられるだろうと思ったので」

浅羽母娘は顔を見合わせた。やがて母親のほうが口を開いた。

「検事さんに呼ばれて、昔の事件の真犯人が倉木さんだったことを知りました。それを隠そうとして、今度の事件を起こしたってことも。もちろんものすごくびっくりしましたし、ショックでしたよ。正直にいやあ、なんであの時に自首してくれなかったんだっていう気持ちはあります。そうしてくれてたら、私らはあんなに苦労をせずに済みましたからね。夫や父親を失わなくてよかったし、白い目で見られたり、後ろ指を差されることもなかったはずです」

「本当に申し訳ありませんでした。父に代わってお詫びいたします」和真は深々と頭を下げた。

「顔を上げてください。息子さんに非がないことは十分にわかってますから」

洋子がカウンターから出てくる気配があったので、和真は姿勢を戻した。

座ってください、と織恵が椅子を勧めてくれた。ありがとうございます、といって和真は腰を下ろした。

洋子もカウンターのスツールに腰掛けた。

「そういうわけですから、倉木さんに恨み言をいいたい気持ちは当然あります。だけど腑に落ちたこともあるんですよ」

和真は瞬きし、洋子を見返した。「どういうことでしょうか」

「倉木さんはね、本当に私たちによくしてくださったんですよ。店にいらっしゃった時には、いつもさりげなく店の経営状態を尋ねてこられて、こちらがちょっとでも不景気なことを漏らそうものなら、高い料理を何品も注文してくださるんです。それだけでなく、困ったことがあればどんなことでも相談に乗るから遠慮せずにいってくれ、なんてこともおっしゃってくださったりしてね。ただ、どうしてわざわざうちなんかにと、ずっと気にはなっていました。名古屋や三河の料理なんて、地元でいくらでも食べられますからね。だから検事さんの話を聞いて、ああそういうことだったのかとようやく得心したという次第です」

「でも、父のことが憎くないわけではないですよね」

「さあ、問題はそこですよ、自分でも不思議なんですけどね、そういう気持ちは今ひとつ湧いてこないんです。ぴんとこないというか、実感がないというか。検事さんからもいわれましたよ。倉木のせいであなたの旦那さんが疑われて、自殺することになったんだから、憎むのが当然じゃないかって。だけど人の気持ちってのは、そんなにころころと変わるものじゃありませんよ。それにね、こんな言い方は変かもしれませんけど、倉木さんのおかげでようやく救済されたっていう気持ちもあるんです」

「きゅうさい？」

あまりに意外な言葉だったので、ほかの言葉と聞き違えたのだろうかと和真は思った。

「私の場合、この三十年以上、恨み続けてきた相手は警察なんです。うちの人は警察に殺されたんだと今も思っています。だってそうでしょう？　犯人でもないのに逮捕されて、拷問《ごうもん》にかけられたんですよ。警察は、自白の強要なんかしてないといってましたけど、嘘に決まってます。夫はね、少し気の短いところはあったけれど、頑固で曲がったことが嫌いな人間でした。あの人に人殺しなんてできるわけないんです。首を括《くく》ったのは、拷問に耐えきれなくなって、抗議のために死を選んだのに違いありません。だけど警察は、一度だって謝っちゃくれませんでした。自殺したのは、もう逃げられないと観念したからだってことで、逆に主人を責めるようなことばかりいいました。世間だってそうです。結局何の証拠も見つからなかったっていうのに、私らのことを殺人犯の身内だという目でしか見てくれませんでした。だから逃げるしかなかったんです。こそこそと逃げ隠れして、こんなところまで逃げてきて、目立たぬよう細々と生きていくしかありませんでした。それでも底意地の悪い人間というのはどこにでもいるもので、昔のことをあれこれと調べては、よからぬ噂を流して、ようやく摑んだ幸せを台無しに――」

そこまで洋子が話したところで、お母さん、と織恵が咎《とが》めるように声をかけた。さらに、それ以上はいわないで、というように首を横に振った。

洋子は吐息を漏らした。

「とにかく、ずっと肩身の狭い思いをしてきました。私たちの過去を知っている人間たちの中には、味方なんて一人もいないと思ってたんです。でも皮肉なものですね。当然のことながら、真犯人の倉木さんだけは本当のことを知っていたわけです。知っていただけでなく、私たちの苦労を察して、陰ながら支えようとしてくれていました。今度の事件を起こした理由にしても、私たちとの関係を壊したくなかったからなんでしょう？　詫びたいという気持ちは本当だったんだなと思います」

「詫びる気があるのなら、もっと早くにすべてを打ち明けるべきだったとは思いませんか」

　すると洋子は苦笑し、小さく手を振った。

「もちろん思いますよ。だけどそれは理想論ってやつです。人間というのは弱い生き物だってことは、この歳になればわかります」

　割りきった意見に、和真は黙って項垂れるしかなかった。

「倉木さんは隠すこともできたと思うんです」

　洋子の言葉に和真は首を傾げた。「隠す？　何をですか」

「だから東岡崎の事件のことです。今度の事件については、もっと別の動機をでっちあげてもよかったはずなんです。ちょっとしたことで口論になったとかね。そのほうがたぶん刑も軽くなります。だけどそうはせず、何もかも洗いざらい告白された。おかげで、私らはようやく夫の冤罪を晴らすことができました。ついさっきも新聞社から電話がかかってきたんです。長年の苦労について取材させてもらえないかってね。同じような依頼の電話がしょっちゅう来ます。自宅に押しかけてくる人だっていますよ。面倒なので全部断っていますけど、汚名が返上できたってことはたしかなわけです。だからいったんですよ。救済されたって」

「そういうことですか……」

でも、と洋子は首を傾げ、カウンターに頬杖をついた。

「こんなふうに考えるのはおかしいんですかねえ。検事さんからは、理解できないみたいなことをいわれたんですけど」

「さあ、それは僕には何とも」

和真が口籠もると、「そりゃそうですよね。ごめんなさい、変なことを訊いて」といって洋子は口元を緩ませた。

堀部がいっていた通りだな、と和真は思った。この母娘は達郎の味方になってくれるかもしれない。

あの、と織恵が和真を見た。「私たちの話を聞きたいとおっしゃってましたけど、こういうことでよろしいんでしょうか」

十分です、と和真は答えた。

「この店での父の様子を知りたかったんです。今のお話を伺って、よくわかりました。父はやっぱり、贖罪のつもりでこちらに通っていたみたいですね」

「それ以外に何があるっていうんですか」洋子がいった。「検事さんからは、おかしなことを訊かれましたけどね」

「おかしなこと？」

「倉木被告人が娘さんに高価なプレゼントを渡したり、デートに誘ったりしたことはなかったかっていうんですよ。同じようなことを刑事さんから訊かれたこともあります。この子が目当てで通ってたように疑っているみたいです」洋子は織恵のほうに顎をしゃくった。「もちろん、そんなことは一度もないときっぱり否定しておきました」

達郎は下心があってこの店に通っていたのではないか、と検察は疑っているわけだ。意地が悪いとしか思えないが、そういう見方をするのが彼等の仕事なのだろう。

「大変よくわかりました。僕としては、父のお二人に対する態度は贖罪ではなくて自己満足だと思うんですけど、今のお話を聞いて少しだけ気持ちが楽になりました。ありがとうございます」そういって和真は腰を上げ、改めて頭を下げた。「開店前の忙しい時に、すみませんでした」

「面会には行かれました？」織恵が尋ねてきた。

いいえ、と和真は答えた。「会いたくないと父はいっているそうです。合わせる顔がないと」

「そうなんですか」織恵は辛そうに眉をひそめた。

「くれぐれもお身体には気をつけるように」洋子がいった。

「ありがとうございます。その優しいお言葉を父に伝えるよう、弁護士さんにお願いしておきます」

洋子はゆっくりとかぶりを振った。

「そうではなくて、あなたのこと。いろいろと大変でしょう？」

「あ、はい、それは……」

「加害者の身内がどんな思いをするか、十分にわかっています。何しろ経験者ですからね」

どう反応していいかわからず、和真は下を向いた。

「カズマさん、でしたっけ」洋子が呼びかけてきた。「辛い時は逃げたらいいんですよ。目を閉じて、耳を塞いじゃえばいいんです。無理なんかしちゃだめ」

「ありがとうございます。覚えておきます」

失礼します、といって出口に向かった。

階段を下りる前に織恵のほうを振り返った。

「先程、若い男の人を見送っておられましたけど……」

織恵はやや躊躇いがちに、息子です、と答えた。

「あっ、結婚しておられたんですか」

何となく独身だと決めつけていたので意外だった。

「今は独り身です。息子は元の夫が引き取ったんですけど、時々顔を見せに来ることがありまして……」

「そうでしたか」

余計なことを訊いてしまったなと思った。

お邪魔しました、といって階段を下りていった。

余計なことどころか、とんでもなくデリケートな部分に触れたのかもしれないと気づいたのは、ビルを出て歩きだした時だ。洋子がいいかけてやめた台詞を思い出した。

「底意地の悪い人間というのはどこにでもいるもので、昔のことをあれこれと調べては、よからぬ噂を流して、ようやく摑んだ幸せを台無しに――」

あれは織恵が被った話ではなかったか。ようやく摑んだ幸せとは、結婚して子供を産み、家庭を持ったことではないのか。だがよからぬ噂――父親が殺人犯で留置場で首を吊ったという噂が流れ、それが原因で離婚することになったのでは。そう考えれば、息子が父親に引き取られたということにも合点がいく。

和真は振り返り、ビルを見上げた。『あすなろ』と記された看板の文字が、少しかすれて見えた。

27

その店は地下鉄門前仲町駅の近くで、永代通り沿いにあると聞いていた。スマートフォンで調べてみると、清洲橋の袂《たもと》からだと二キロ弱の距離だ。美令は少し迷ったが、タイミングよく空車のタクシーが通りかかったので手を上げて止め、「近くて申し訳ないんですけど」と断ってから行き先を告げた。幸い運転手の返事は無愛想なものではなかった。

だが走りだして間もなく後悔した。どうやら広い道路や大きな交差点しか使わないらしいと気づいたからだ。倉木達郎は人目を避けて移動しただろうから、こんな経路を選んだとは思えない。この次は自分の足で歩いてみようと思った。

門前仲町には十分とかからずに到着した。料金も七百円以下だ。父の健介なら千円札を渡して釣り銭を受け取らないだろうが、美令にはそんな発想はない。交通系ＩＣカードで精算を済ませた。

タクシーを降り、周囲の様子を眺めながら歩きだした。この町に来るのは初めてだ。江戸情緒が感じられ、いかにも歴史が残る下町といった風情だが、ネット検索して得た情報によれば、実際には大空襲によって一面が焼け野原になったらしい。

美令はスマートフォンで現在地を確認しながら移動した。間もなく目当ての店の前に辿り着いた。二階建てのコーヒーショップだ。

店に入る前に永代通りを挟んだ向かい側に目を向けた。古いビルが建っていて、『あすなろ』という看板が確認できた。やはりこの店で間違いなさそうだ。

一階でカフェラテを買い、階段で二階に上がった。席は半分ほどが埋まっていた。幸い窓に面したカウンター席の端が空いていたので、そこに腰を落ち着けた。

検察側から提供された資料によれば、健介はこの店に二度来ている。しかも二度目は二時間も滞在したらしい。目的は不明だが、向かい側にある『あすなろ』を見に来たのだろうと推察されている。一九八四年に倉木達郎が起こした事件で、冤罪で逮捕され自殺した人物の家族——浅羽という母娘が経営している店だ。倉木から母娘のことを聞いた健介は、現在の二人の状況を確かめようとしたのではないか、というわけだ。

たしかに倉木からそんな話を聞けば、健介もその程度の関心は抱くかもしれない。しかし二度も来ているというのが解せなかった。一度目は何の収穫もなかったから、もう一度来たということか。そんなことをするぐらいなら、『あすなろ』に行けばよかったのではないか。名乗る必要はない。客のふりをして入店すれば、母娘の様子を直接目にできる。こんなところで眺めていても、大した情報は得られない。

そんなことを考えながら美令が向かい側のビルを見つめていると、一人の人物がビルの前で足を止めた。ブルーのダウンジャケットを羽織っている。美令は息を呑んだ。

さっきの男性だ——。

殺害現場に花を供えに行ったのは今日で三度目だ。目立たないように素早く済ませているつもりだが、いつも多少は周囲からの視線を感じる。

しかし今日は少し事情が違った。美令のほうが先に彼の存在を気にしたのだ。

隅田川テラスに行ってみると、現場のすぐそばにダウンジャケットを着た彼の姿があった。その佇《たたず》み方が気になった。何か特別な思いを抱えているように見えたのだ。

美令が近づいていくと彼は歩きだした。その様子がまるで何かから逃げだすようで、ますます引っ掛かった。

さらに決定的なことがあった。花を供え、健介の冥福を祈った後、美令が何となく横を向くと、先程の男性がまだ近くにいて、彼女のほうを見ていたのだ。一瞬だが、たしかに視線が合った。

男性はあわてた様子で立ち去ったが、事件関係者に違いないと美令は確信した。少なくとも彼は白石健介が殺された場所を知っている。だがそれはマスコミには公表されておらず、美令たちも口外せぬようにと検察から注意されている秘密事項だ。

その人物が、今度は『あすなろ』の前に現れた。一体、何が目的なのか。

するとビルから少年と女性が出てきた。二人は少し言葉を交わしていたが、すぐに少年だけがその場を離れた。

そして次の瞬間、意外な展開になった。ダウンジャケットの男性が女性に何か話しかけたのだ。短いやりとりの後、二人はビルの中へと消えていった。

美令は思考を巡らせた。あの女性は『あすなろ』経営者の娘ではないか。彼女に会いに来たということは、男性は何者なのか。

もしかすると——。

倉木達郎の息子ではないか。それに関する情報をネットで目にしたことがあった。美令自身が検索して見つけたのではなく、お節介な女友達が教えてくれたのだ。有名な広告代理店に勤務している、とまことしやかに書かれていたが、本当かどうかはわからない。女友達によれば、どこかに高校時代の顔写真もアップされているらしいが、そんなものは見ていない。

だが倉木達郎の顔写真なら見ている。佐久間梓から借りた資料にあったのだ。上品で穏やかな表情を浮かべており、殺人犯というイメージとうまく重ならなかった。

ダウンジャケットの男性の顔は一瞬しか見ていないが、倉木達郎に似ているような気がした。

もし男性が倉木の息子なら、何のために『あすなろ』に来たのか。

美令は佐久間梓から聞いた話を思い出した。浅羽母娘は倉木に悪感情を抱いておらず、もしかすると弁護側の情状証人として出廷するかもしれないとのことだった。

そのことを頼みに来たのだろうか。しかしそれは本来弁護士の仕事のはずで、加害者の家族がすべきことではない。

加害者の家族——頭に浮かんだ言葉を美令は嚙みしめてみた。

もちろん家族には非がない。親ならば、もしかすると子供がしたことに対して多少の責任を感じるべきかもしれない。だが親が起こした犯罪のせいで子供が何らかの損失を被るというのは、客観的に考えた場合、理不尽といえるだろう。

しかし今回の事件で、倉木達郎の息子が様々な形でバッシングを受けているであろうことは容易に想像がついた。ネットには、叩く相手を探している者が無数にいる。何しろ、被害者である健介を非難する書き込みさえ、飛び交っているのだ。典型的な主張は、「殺されたのは、ある意味自業自得」というものだ。倉木達郎が白石健介に過去の犯罪を告白したのは、秘密を守ってくれるだろうと思ったからであり、真相を公表すべきと迫るのはその信頼を裏切る行為で、窮鼠《きゆうそ》に咬《か》まれる危険性を考えなかったのは迂闊、というわけだ。中には美令たちを誹謗《ひぼう》する書き込みもある。ちらりと読んだものに、「こういうのを正義の押しつけというんだけど、遺族はそんなふうには思ってなくて、裁判が始まったりしたら、きっと悲劇のヒロイン風に会見とかしちゃうんだろうな」というのがあった。どんな神経をしているのかと愕然とするばかりだが、傷つけられるのが嫌で極力ネットは見ないようにしている。

被害者側でさえこんな扱いを受けるのだから、加害者側にはさらに容赦ない罵詈《ばり》雑言が浴びせられているはずだ。その様子を想像しても、無論いい気味だなどとは到底思えない。殺人は、加害者被害者どちらの家族も苦しめると思うだけだ。

冷めたカフェラテを飲み干し、美令は席を立った。期待していた収穫は何も得られなかった。この店には、たぶんもう来ないだろうなと思った。

店の自動ドアをくぐり、歩道に出た。ここから帰宅するには地下鉄が便利だ。門前仲町駅から途中一度乗り換えるだけで、自宅の最寄りである表参道駅に行ける。経路はいくつかあるが、いずれも二十分少々だ。健介も車ではなく地下鉄を使っていたら殺されることはなかったのではないか、と今さらいっても仕方のないことを考えてしまった。

門前仲町駅に向かって歩きだそうとした時、何気なく向かい側のビルに目をやり、はっとした。例のブルーのダウンジャケットを着た男性が出てきたからだ。俯き加減で歩いている。どうやら彼も地下鉄を使うつもりらしい。

美令は歩きながら、時折道路の向かい側を確認した。男性のほうは彼女に気づいていないようだ。相変わらず下を向き、あまり軽快とはいえない足取りで歩いている。

どうしよう、と美令は迷った。このまま駅に行けば、どこかで彼と鉢合わせしてしまうかもしれない。面と向かえば、きっと彼も気づくだろう。その時、どんな態度を取ればいいのか。

結論が出ないまま、駅の入り口に来てしまった。さらに階段を下っていく。彼のほうも反対側の入り口から下り始めた頃だろう。このままでは本当に直面してしまいそうだ。階段を下り、長い通路を進んだ。曲がった先が地下鉄乗り場で、自動改札口が並んでいた。その先には通路がある。彼が永代通りの反対側の入り口から下りたなら、そこから現れるはずだ。

美令はバッグからICカードを出し、ゆっくりと改札口に近づいていった。だがセンサーにカードを近づける前に、ちらりと奥の通路を見てしまった。

そこに彼が現れた。しかも俯いてはおらず、真っ直ぐに顔を前に向けていた。まさにどんぴしゃのタイミングで二人の視線がぶつかった。彼も気づいたようで、足を止めた。

美令は顔をそむけ、改札口を通過した。中野方面という表示を見つけ、その階段を下りていった。どうやらホームに電車が着いているようだ。駆け下りれば乗れるかもしれないが、敢《あ》えてそうはしなかった。彼に追いつかれることを期待する気持ちがある。なぜそんなふうに思うのか、自分でもわからない。

ホームに下り立った時、ちょうど電車のドアが閉まった。美令は一車両分ほど進んでから足を止めた。

線路のほうを向く。その瞬間、ブルーのダウンジャケットが視界の端に入った。ゆっくりと美令のほうに近づいてくるのがわかった。やがて二メートルほどの距離のところで彼は止まった。

あの、と彼が遠慮がちに声を発した。「白石さんの御家族の方でしょうか」

美令は息を整えながら顔を少しだけ回した。「そうですけど」目を合わさずに答えた。

「やっぱり……僕は倉木達郎の息子です」押し殺した声で彼はいった。

美令はさらに顔を巡らせ、ちらりと彼の顔を見てから、そうですか、といってまた視線を外した。

「このたびは、あの……本当に、何とお詫びしていいかわからなくて……ええと」

「やめてください、こんなところで」美令はいった。声を抑えたつもりだったが、自分でも驚くほどにきつい口調になってしまった。

「あ、すみません」

彼は黙り込んだ。だが立ち去ることはなく、その場に留まっている。気詰まりな沈黙の時間が流れたが、美令も移動しなかった。

「あの店に行っておられましたよね」線路のほうを向いたままで美令はいった。「『あすなろ』という店に」

「どうしてそのことを？」

「向かいにあるコーヒーショップにいたんです。そうしたらたまたま目に入って……」

「そうでしたか」

「裁判に向けての準備ですか」

「いや、そういうんじゃないです。父について話を聞きに行ったんです。というのは、やっぱりどうしても信じられなくて……。どんなに説明されても、父の身に起きたことだとはとても思えないんです。もしかすると父は嘘をついてるんじゃないか──その考えが頭から離れなくて、それで自分なりに調べてみようと……」訴えるような口調で語った後、すみません、と彼は詫びた。「あなたにいうべきことではなかったです。ごめんなさい。忘れてください」

どのように反応していいかわからず、美令は黙ったままでいた。だが不愉快になったわけではなかった。彼の言葉は、おそらく本心だろう。ふつうの人間ならば、突然父親が殺人事件の被告になれば、疑問を抱かないはずがない。何かの間違いではないか、と考えて当然だ。

次の電車が来るというアナウンスが流れた。

間もなく電車が到着し、二人の前で扉が開いた。大勢の乗客が降りるのを待ち、美令は乗り込んだ。倉木の息子も後に続いてくる。何となく、並んで吊革に摑まることになった。車内は混んでいるし、わざわざ離れるのもおかしい気がして、美令はそのままでいることにした。

「どちらまで帰られるんですか」美令は訊いてみた。

「高円寺です。でも用を思い出したので次の茅場町《かやばちょう》で降ります」

「そうですか」

美令は、その次の日本橋で降りて乗り換えるつもりだ。もし尋ねられたら、そこまで答えていいものかどうか思案したが、彼が問うてくることはなかった。

電車はすぐに茅場町に着くようだ。減速するのがわかった。

間もなく電車はホームに入った。じゃあ失礼します、と彼が小声でいった。

あの、と美令は口を開いた。彼と目が合ったが、そらさずに続けた。

「あたしも、あなたのお父さんは嘘をついていると思います。うちの父は、あんな人間ではありません」

倉木の息子は目を見開いて絶句した。何か答えねばと焦っているのがよくわかる。しかし彼が言葉を思いつくより、電車の扉が開くほうが早かった。結局、何かをいいたそうにしながらも何もいわないまま降りていった。

扉が閉まり、電車が動きだす。ホームに降りた彼が迷子になった犬のような目を向けているのが窓越しに見えた。

でも、あたしも同じ目をしているかもしれない、と美令は思った。犯人が自供し、事件の真相は明らかになったと思われている。その真相に基づいて裁判が行われようとしている。ところがその真相に納得していない人間がいるのだ。それは自分たちだけだと今まで美令は思っていた。しかしほかにもいたのだ。加害者の家族も納得していなかった。

倉木の息子のことを考えた。彼と会うことはもうないのだろうか。もしかすると裁判で見かけることはあるかもしれない。だが常識的に考えた場合、今後は接点がない。あるとすれば今日のように、事件現場に花を供えに行った時だろうか。彼は、しばしばあの場所に足を運んでいるということなら、また出会う可能性がある。
美令は思わず眉根を寄せた。今度はいつ花を供えに行こうかと考えている自分に気づいたからだ。この奇妙な胸騒ぎは何だろうか——。

（下巻につづく）

この作品は二〇二一年四月小社より刊行されたものを文庫化にあたり二分冊にしたものです。

白鳥《はくちょう》とコウモリ（上）

東野圭吾《ひがしのけいご》

令和6年4月5日　初版発行
令和6年11月30日　12版発行

発行人――石原正康
編集人――高部真人
発行所――株式会社幻冬舎
〒151-0051東京都渋谷区千駄ヶ谷4-9-7
電話　03(5411)6222(営業)
　　　03(5411)6211(編集)
公式HP　https://www.gentosha.co.jp/
印刷・製本―中央精版印刷株式会社
装丁者――高橋雅之

幻冬舎文庫

ISBN978-4-344-43370-0　C0193　ひ-17-3

この本に関するご意見・ご感想は、下記アンケートフォームからお寄せください。
https://www.gentosha.co.jp/e/